인생 행간을 읽다

인생 행간을 읽다

초판 1쇄 인쇄 _ 2019년 9월 20일
초판 1쇄 발행 _ 2019년 9월 25일

지은이 _ 박정심

펴낸곳 _ 바이북스
펴낸이 _ 윤옥초
책임 편집 _ 김태윤
책임 디자인 _ 이민영

ISBN _ 979-11-5877-120-1 03810

등록 _ 2005. 7. 12 | 제 313-2005-000148호

서울시 영등포구 선유로49길 23 아이에스비즈타워2차 1005호
편집 02)333-0812 | **마케팅** 02)333-9918 | **팩스** 02)333-9960
이메일 postmaster@bybooks.co.kr
홈페이지 www.bybooks.co.kr

책값은 뒤표지에 있습니다.

책으로 아름다운 세상을 만듭니다. ― 바이북스

일상이 시가 되는 순간

인생 행간을 읽다

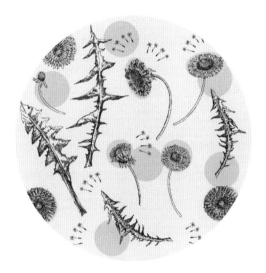

박정심 지음

바이북스
ByBooks

소박한 삶을 담다

마흔이 되던 해 나는 강한 의지를 다지며 인생 2막을 시작하겠다는 맹세를 했었다. 8년이라는 시간이 흐르고 있다. 한 해, 두 해 거듭할수록 성장하는 나를 본다. 그것은 요가와 독서가 주는 에너지이다.

삶의 균형을 조절하는 힘이 생겼고, 깊숙한 곳에 자리한 진실의 나를 보는 강함이 생겼다. 마음의 밑바닥까지 내려가 보았을 때 비워낸 자리에서 진심이 나온다는 것을 알았다. 관찰의 힘으로 나를 분리해서 정확하게 나를 볼 수 있는 용기를 가졌을 때, 현재의 마음 상태는 어떠한지, 계획한 것을 실행하고 있는지, 놓치고 있는 것이 없는지를 알았다.

성급한 마음을 버리고 꾸준하게 계획하고 실행하며 즐기는 마음을 가지고 도전했다. 시간을 노력에 맞춰 하나씩 쌓아올렸다. 꾸준함은 대단한 힘을 가지게 한다. 백지였던 내 마음 노트에 여덟 개의 점을 찍게 했다. 나와 시간이 함께 한 삶은 정직하게 한 점씩 찍혔다. 시간과 시간의 간격을 뛰어 넘지 않았다. 시간에 사기를 치지 않았다. 충실하게 시간의 간격을 꼼꼼히 메웠다. 한 점, 한 점들은 노력의 땀이다. 8개의 점이 선이 되었다. 그때 내가 만약 시작하지 않았다면? 선은 존재하지 않았을 것이다.

실천하는 삶은 예전의 나와 지금의 나를 완전히 바꿨다. 어제의 내가 오늘의 내가 아니다. 조금씩 변화시키고자 한 마음과 노력이 현재의 나로 살게 한다. 모난 마음의 각을 깎아내고, 내려놓고, 비워낸 마음 여유에서 행복이 충만한 삶을 느낀다. 가진다. 깨어 있는 마음으로 자세히 들여다보아야 알 수 있다.

점이 선이 된다는 것은 시간이 필요하다. 아직 미완성이다. 완성을 위해 가는 길이다. 하지만 죽을 때까지 완성은 없다. 목표가 아닌 목적을 위해 지금도 나는 걷고 있다.

예전에는 오지랖을 떨고 아는 척을 많이 했었다. 나에게 싫은 소리를 하거나 대화 도중 말을 끊고 내가 하고자 하는 말을 했었다. 지금은 묵언 수행을 하곤 한다. 내 마음이 익어간다는 것을 느낀다. 통찰하는 마음과 관망하는 마음을 가지게 했다. 업무 관련하여 누군가 나에게 폭언을 해도, 내가 실수하여 일을 힘들게 해서 상대방이 나에게 비난의 말을 해도 마음을 일으키지 않는다. 인정하고 받아들이는 마음은 평정심을 유지하려 했다. 내려놓고 비워내는 마음으로부터 시작이었다. 선입견을 버리고, 있는 그대로를 받아들이는 힘이 생겼다. 어떤 사람이 다가와도 어울릴 수 있는 마음 자세를 만들었다.

마음은 보이지 않는 에너지 층이다. 나는 마음의 눈으로 보고 있다. 느끼고 있다. 찾고 있다. 나를 사랑하는 마음이 단단하게 잘 익어가고 있다. 자존감이 모락모락 피었다. 자존감은 본래의 마음 공간에서 스스로 피어오른 영혼 꽃이다.

단단한 마음에서 피워낸 꽃의 향기로 인내하는 삶과 관찰하는 삶을 보게 한다. 요동치는 마음 움직임과 작용을 조절하고 억누르는 힘이 생긴다. 그런 과정에서 내 안의 나를 보게 했다. 본래의 나는 순수하고 맑았다. 고요한 마음 상태에서 바라보는 세상의 움직임은 신비롭고, 설레게 하는 아름다움이 있다. 새로운 마음이다.

무심코 지나다녔던 마당에 어디선가 날아와 노랗게 피어있는 민들레 한 송이 꽃을 보았을 때 눈물 나도록 가슴 뛰게 하는 설레임을 느꼈다. 겹겹이 피어오른 꽃잎이 미소 짓게 하고 초록 잎의 움직임이 살아있는 활력을 느끼게 했다. 홀연히 날아와 피워낸 민들레가 내 마음에 꽂혔다. 나와 민들레는 자연의 일부이다. 살아있다는 귀함이 느껴졌다. 존재 자체로 감사함이다. 마음의 눈으로 느끼고 보면 만나는 인연들이 소중하고 아름답다.

　우리는 인연의 연속에서 살아간다. 만나는 한 사람, 한 사람, 피어오르는 꽃과 나무, 나와 함께하는 물질들 만남과 헤어짐을 가진다. 그 속에서 삶의 의미와 가치를 느낀다. 어제 걸었던 길을 오늘 걸어도 느낌이 다르다. 어제의 태양이 오늘의 태양이 아니다. 변하는 움직임을 자각하지 못한 내 마음이 조금씩 보였다. 내려놓은 마음에서 느껴지는 여유인 것 같다. 공간과 공간 사이에서 쉼을 느낀다. 얽매임이 없는 마음은 자유롭다.

　일상이 시가 되고, 시 같은 마음으로 살아가게 한다. 시를 통해 삶을 이야기하고 싶었다. 어떤 형식이나 형태에 구애받지 않는 자유로운 마음으로 썼다. 나만의 방식으로 느껴지는 마음의 언어와 소리를 오감으로 표현하여 감정이나 감각을 불어넣어 살아있는 움직임을 주었다. 삶이 새롭다.

　새롭게 맞이하는 삶은 의식을 깨어 있게 했다. 깨인 마음은 습관처럼 살지 않는다. 성찰하는 마음에서 습관은 한 단계를 넘어 의식 있는 작은 움직임의 반복을 만든다. 관찰한다는 마음은 하나를 보는 것이 아니라 전체를 보는 마음이다.

　깨인 마음 깊숙한 곳에서 울리는 영혼의 소리를 시로 담았다. 그리고 일상을 이야기한다. 일상에서 나는 소소한 행복과 깨달음을 가진다. 깨달음은 멀리 있지 않았다. 내 생각과 움직임 속에 있었다. 삶을 경험하며 배워간다.

　인생이란 자기가 만든 작은 움직임에서 이루어진 조각들의 합이다.

2019. 5

차례

들어가는 말   소박한 삶을 담다   —— 4

1
눈물 나는
날에는

무릎 양쪽 동그란 훈장   —— 14
자연의 일부로 산다는 건   —— 22
마음 그릇에 삶을 담다   —— 30
스치는 만남   —— 39
봉암사 풍경 소리   —— 47

2
누군가 그리운
날에는

젊은 꽃, 바람 되어 가는 날   —— 54
마음 벽지에 새긴 전우   —— 56
11월에 핀 서리꽃   —— 64
시절에 핀 꽃   —— 72
시누이와 올케 사이   —— 78
커피가 좋다   —— 87

3
삶의 무게에
지친 날에는

무장산 억새의 속삭임 —— 96
황혼 꽃의 아름다움 —— 103
진정한 마음 여유 —— 111
흔들리지 마 —— 118
남방파제 성대에게 반하다 —— 127

4
마음 따뜻한
날에는

꽃으로 피어난 그대 —— 136
그녀 이름은 김.옥.매 —— 141
내 안의 나와 함께 —— 150
천상의 둥지 —— 159
내 안의 용서 —— 167

5
나를 사랑하는
날에는

반은 희망의 과녁이다 —— 176
글 속에 심장을 뛰게 한다 —— 183
진정한 삶의 의미는 무엇인가?—— 190

나오는 말

나는 오늘도 일상을 쓴다 —— 199

1장

눈물 나는
날에는

무릎 양쪽 동그란 훈장

'윙윙'

고추잠자리 쫓던 어린 시절

잡힐 듯 잡힐 듯

튀어 오른 돌멩이에 넘어져 생긴 흉터.

'간질간질'

빨간 약 바른 무릎

설익은 딱지 떼버려 생긴

지워지지 않는 상처 자국.

잘 익게 딱지 두었으면

자취 남지 않을 아쉬움.

무릎 양쪽 동그란 훈장

어린 시절 아픔이 머문 자리.

상처는 아무는 것이라는 걸

아픔은 지나가는 것이라는 걸

무릎 양쪽 동그란 훈장은

말없이 삶에게 속삭인다.

타지방에서 대학교에 다니고 있는 아들은 2주에 한 번씩 집에 온다. 그날은 아들을 위해 좋아하는 음식으로 준비하게 된다. 평상시보다 음식 가짓수는 배가 되고, 아들이 좋아하는 고기반찬 위주 식단으로 차려졌다. 지켜보던 딸은 "와! 엄마는 오빠하고 나하고 지금 차별하는 것 같이 보이네." 말한다. 아들이 없을 땐 딸이 사랑을 독차지한다. 질투를 느끼는 말투였다. 아들이 오면 순위가 밀린다는 생각에 서운한 마음이 드는 모양이었다. 내 품에 머물러 있는 자식은 애처로운 마음이 덜해지긴 했다. 떨어져 지내는 자식은 늘 그리움이고 아픔이다.

옛 어른들 말에 "열 손가락 깨물어 안 아픈 손가락 없다"라고 하지만 막상 자식을 키워보니 아픈 강도의 차이는 있는 것 같다. 정성이 들어간 음식은 아들과 밥을 매일 같이 먹을 수 없는 미안한 마음의 표현이었다. 음식을 차린 보람이 있었다. 맛있게 먹어주는 아들을 보고만 있어도 배가 든든해지는 느낌이다. 가족이 다 함께 식사하며 이야기를 나눌 땐 가슴이 뭉클해진다. 소중함이 느껴진다. 힘든 삶을 포기하지 않고 지켜 온 보상 같다.

아들은 밥을 먹다 문득 생각이 났는지 묻는다.

"엄마! 제 유치원 다닐 때 엄마가 회초리로 엉덩이를 때려서 멍이 들었던 일 기억나세요?"

"응. 그때……."

별로 기억하고 싶지 않은 장면이었다.

"제가 돈 계산 잘못한다고 엄청나게 혼내셨잖아요?"

아들은 웃으며 말했다.

"너는 아직도 그걸 기억하고 있네?"

"와! 그때 일은 잊을 수가 없어요. 지금 생각해 보면 그때 제 나이 7살밖에 안 되었는데 어떻게 돈 계산을 잘할 수 있겠어요. 진짜! 억울했던 일 같아요."

"음……. 그랬구나! 그땐 엄마가 제 정신이 아니었나봐. 좀 심하긴 했지? 오랜 시간 마음에 상처로 남아 있을 줄 몰랐구나. 지금 생각하면 아무것도 아닌데. 그때는 속이 많이 상하더라.

눈물 나는 날에는

다른 아이들보다 똑똑했으면 좋겠는데 너무 순하니까. 엄마들은 자기 아들이 영특하고, 특별했으면 좋겠다는 생각을 가지거든. 근데 너는 너무 어리숙하게 순했었지. 아들! 진심으로 미안해. 엄마 기대치가 좀 높았었지 그때는."

30대 초반 집 근처 천 세대가 넘는 아파트 앞 상가에서 가게를 하게 되었다. 아들 또래의 아이들이 많았다. 그것은 말 많은 젊은 계층이 많이 살고 있다는 것이다. 같은 유치원에 다녀야 했고, 집 주위로 옹기종기 살고 있어서 살림살이나 집안 대소사 일을 금방 알 수 있었다.

우리 집을 제외하고는 다들 가게를 오랫동안 했던 사람들이었다. 우리는 장사를 어떻게 해야 하는지를 직접 경험하고 부딪히며 배워 가야 했다. 실패하지 않겠다는 강한 마음은 늘 긴장감이었다. 많은 빚을 안고 안정된 직장까지 그만두고 시작한 장사였다. 신경을 써야 하는 일이 한, 두 가지가 아니었다. 특히, 어린 자식들이 생각을 곤두서게 했다. 가게를 하고부터 아들은 유치원에서 돌아오면 가게로 나와 밤늦게까지 장삿집 아이들과 자연히 어울리게 되었다. 아들을 제외한 장삿집 아이들은 똘똘하고 눈치가 백단이었다. 빵집 재호는 아들과 같은 또래였다.

아들보다 키도 작고 덩치도 작았다. 활동적이고 약삭빠른 구석이 있었다. 아들은 그런 재호의 계산적인 머리에 따라가지를 못했다. 먹을 것을 빼앗기고, 맞고, 울고 들어오는 날이 다반사였다. 그런 일을 지켜보는 나로서는 억장이 무너졌다. 그때만큼은 힘세고 야무진 모습과 영특한 머리를 가져주기를 원했었다.

어느날, 제집 드나들 듯이 문방구에 있는 로봇을 보러 갔었다. 아들은 로봇 장난감 조립하는 것을 즐겼고 좋아했다. 욕심을 많이 내었던 장난감이다. 보이지 않아 찾으러 가면 항상 그 자리를 지키고 있었다. 문방구 아저씨는 아들을 신경 쓰지 않았다. 아들도 편하게 문방구를 들락날락했다. 새로운 로봇 장난감이 입고된 날 흥분하며 달려왔다. 가지고 싶은 로봇이 있다며 사달라고 내 손을 잡고 끌고 갔다. 안 된다고 했지만 고집을 이길 수가 없었다. 강하게 키우고 싶었지만, 가게 일로 잘 챙겨 주지 못하는 미안한 마음에 못이기는 척하며 사줬다.

해질 무렵 집으로 들어온 아들은 나머지 잔돈을 주었다. 잔돈이 부족했다. 갑자기 짜증이 '확' 올라왔다. 아들을 다그치며 더하기, 빼기 산수 문제 몇 개를 물었다. 이번 기회에 확실하게 계산하는 방법을 가르치고 싶었다. 긴장한 탓에 대답을 얼버무리며 눈치를 봤다. 재호와 비교되는 순간 감정을 억제할 수가 없

눈물 나는 날에는

었다. 치밀어 오른 화는 계산이 틀릴 때마다 아들의 엉덩이를 회초리로 때렸다. 빨갛게 부어올랐다. 아들은 훌쩍이며 거친 숨소리와 함께 눈물, 콧물을 흘렸다.

옆에 지켜보고 있던 친정엄마는 정도가 심하다고 생각했는지 회초리를 뺏어 버렸다. 시간이 조금 지나 치밀어 오른 열기가 조금씩 내릴 때쯤, 고개 숙여 울고 있는 아들이 눈에 들어왔다. 두 팔을 벌려 끌어안고 같이 울었다. 놀고 있던 3살 된 딸이 울음소리에 놀라 달려와 내 가슴에 파고들어 같이 울기 시작했다. 아이들의 숨소리와 피부의 부딪힘에서 느껴지는 온기는 내가 저지른 행동에 대한 미안한 마음과 현실에 대한 답답함을 가지게 했다.

'이렇게 살아야 하나? 아이들을 잘 챙기지도 못하는데 가게를 계속해야 하나? 무엇이 중요한가?'

아이들 관련된 일이 생길 때면 마음의 여유와 경제적인 여유가 없는 현실이 몸서리치도록 싫었다. 이성을 잃은 나는 치밀어 오른 감정에 이성을 잃고 말았다. 나도 내가 조절이 안 되는 상황이었다.

에스키모들은 화가 치밀어 오르면 하던 일을 멈추고 무작정 걷는다고 한다. 화의 불씨가 누군가에게 화상을 입힐 수 있다는 생각으로 분노가 사그라질 때까지 걷다가 돌아온다고 한다.

화를 다스리는 방법을 그때 알았더라면 현명하게 대처했을지도 모르겠다. 뒤늦은 후회는 아쉬움을 남겼다.

너그러운 마음으로 기다려 주고 지켜봐줘야 하는 시기였다. 7살 아들은 순수한 7살만큼의 정상적이고 순수한 아이였다. 성급한 마음은 빨리 성숙한 어른처럼 행동과 생각을 가져주기 원했다. 나의 소유물처럼 착각하고 원하는 버튼을 누르면 내가 원하는 아이로 성장하는 아바타로 생각했다. 지금 생각하면 이기적인 생각을 한 엄마였다. 마음의 여유가 없었던 삶을 살았다는 생각이 든다. 강한 상처는 아들의 마음 깊숙이 눌러앉아 가끔 불쑥불쑥 튀어나오게 하는 것 같다. 사랑을 충분히 받지 못한 부족함에서 오는 결핍이다. 다시 그 시절로 돌아갈 수만 있다면, 그 장면을 삭제하고 싶다. 휴지통에 영원히 사라지게 하고 싶은 마음이다. 흔적 없이…….

역지사지의 마음으로 보니 참! 많이 무지했다는 마음이 든다. 가슴 깊이 뉘우침이 생겼을 때 진심으로 아들에게 사과했다. 진정한 뉘우침에서 나온 마음은 자신을 인정하게 되고 부끄럼 없이 자식에게 다가가는 마음이 생겼다. 진심이 전해진 마음은 부족했던 나를 이해하고 용서해 주었다.

눈물 나는 날에는

7살 때 지켜주고 기다려줬다면, 상처받지 않은 순수한 아이처럼 성장했을 것이다. 심장에 긁힌 상처는 지워지지 않는 추억의 흔적으로 남게 되었다.

나는 그를 사랑한다. 그는 부족했던 나를 용서한다. 나는 그의 삶을 존중한다.

자연의 일부로 산다는 건

은행나무 짙게 화장하고
펄렁이는 노랑나비 잎
가슴에 그리움 간직하고
삼켜야 하는 사랑이다.

품위 있는 절개는
뼈대 있는 가풍의 멋
아픔을 이겨낸 아름다움에서
일구어낸 빛이다.

냉기 속 뿌리 끝자락
떨리는 몸부림의 펌프질은
살아남기 위한 마지막
에너지의 힘이다.

눈물 나는 날에는

딱딱한 굳은살 벗은 자리

어린잎은 여유의 싹

삶의 두꺼운 껍질 빗질한

공간에 스며든 희망이다.

은행나무의 삶

나의 삶

다르지 않은 이유는

자연의 일부이기 때문이다.

　지인과 함께 이야기를 나누며 좌회전 방향 신호대기를 하고 있었다. 서로 이야기를 주고받으며 대화에 집중하고 있었다. 순간 뒤에서 갑자기 충격이 가해졌다. 달려오는 자동차는 멈춤 없이 우리가 타고 있는 차를 거세게 박았다. 순식간에 상체는 앞으로 갔다가 다시 뒤로 젖혀졌다. 우리는 자동차의 흔들림에 몸을 맡겼다. 방망이로 머리를 한 대 맞은 느낌이었다. 중심을 잃은 정신은 왔다갔다 '빙빙' 돌게 했다. 불안한 몸과 마음이 초긴장 상태였다. 몸은 상황 판단을 못 하고 있었지만, 정신은 외쳤다. '정신 차려'. 안정을 취해야 한다는 생각을 했지만, 신경계들이 각각 놀고 있어 마음대로 조절이 되지 않았다. 심장은 콩닥거리며 뛰었고, 몸은 미세하게 '바르르' 떨렸다. 위험을 감지했기 때문이다. 순간 사고 처리를 해야 한다는 생각이 들었다. 문을 열고 밖으로 나간 몸의 움직임은 부자연스러웠다. 한쪽으로 치우쳐 걷는 내 모습은 과음상태 걸음이었다. 어지러워 길바닥에 주저앉아 버렸다.

상대편 운전자는 우리가 차에서 내리는 모습을 보고 곧 따라 내렸다. 자세히 보니 젊은 여성이었고, 내리는 모습이 불편해 보였다. 다리 한쪽이 깁스 상태였다. 눈이 마주치는 순간 미안했는지 고개를 까딱거렸다. 보자마자 입 앞까지 튀어나온 분노의 말을 두 입술 힘주어 깨물며 참고 삼켜야 했다. 이미 벌어진 일 어떻게 하겠는가? 아픈 다리로 운전을 한 여성을 탓하기엔 이미 늦은 시간이라는 것을 인지하고 스스로 받아들여야 했다. 교통사고는 사고를 낸 가해자도 피해자도 다 같이 손해 보는 일이다.

시간이 지나면서 어깨와 허리에 통증이 조금씩 느껴지기 시작했다. 사고를 수습하고 마무리가 되자 근처에 있는 병원으로 갔다. 기본적인 엑스레이 검사를 받았다. 엑스레이 결과는 3주 정도 치료를 받아야 한다고 했다. 의사는 긴장이 풀어지면 근육통이 시작될 것이라며 주사와 약을 처방해 주었다. 통증이 느껴지는 고비가 3일 정도라 했다. 통증의 끝판을 달릴 것이라고 미리 말해주었다. 주사의 효과인지 바로 근육통은 사라졌다.

잠을 자고 일어난 뒷날, 간밤에 나를 매로 때린 것처럼 온몸이 난리였다. 마음은 벌떡 일어나서 움직이고 싶었지만, 몸은 침대가 붙잡고 있는 느낌이었다. 출근해야 한다는 강한 집념은 몸을 느릿느릿 움직이게 했다. 다른 직원에게 피해를 주고 싶지 않았다. 약 효과가 떨어지면서 몸의 통증은 점점 심해졌다. 참으려고 안간힘을 썼다. 한계에 다다른 나는 몸이 아프니 정신까지 지치고 쇠약해지는 느낌이었다. 정신이 몸의 아픔을 이겨낼 것이라는 생각으로 버텼지만, 역시 몸의 통증이 정신을 나약하게 하는 것 같았다. 의무감 때문에 일을 내려놓지 못했지만, 심해지는 아픔이 오히려 일에 방해가 되었다. 미련한 생각을 했었다.

치료도 타이밍이 있다. 사고 처리 후 바로 치료를 받았으면 이른 시간에 완쾌가 되었을 것이다. 시간 끌기로 병이 진행된 상태에서 치료를 받게 되면 시간이 오래 걸리게 된다는 것을 알게 되었다. 3주 동안 집중적인 치료로 원래의 몸 상태로 돌릴 수 있는 시간이었다. 업무에 맞추다 보니 3개월이 넘는 시간 동안 치료를 받아야 했다. 한 번 손상이 된 근육과 신경은 원래 상태로 돌아가기 힘들고 시간이 걸린다고 의사는 말했다. 많은 시간과 노력이 필요하며 성급한 마음을 내려놓으라고 했다.

치료에 충실했다. 그런데도 잔재는 남았다. 잔재를 치료하기 위해서는 의학의 힘이 아닌 스스로 운동을 하면서 이겨내야겠다는 생각이 들었다. 병원 의사는 몸의 상태가 좋아질 때까지 운동하는 것을 자제하라고 했다. 한 달의 휴식 시간을 더 가지며 쉬었다. 아픔이 쉽게 가시지 않았다. 갈등이 시작되었다. 사고 이후 오랫동안 해온 요가를 쉬고 있었다. 다시 요가를 시작할까? 더 쉬어야 하나? 생각할수록 답답했다.

선택은 나의 몫이다. 해도 후회, 안 해도 후회하는 마음을 가진다면 차라리 운동하는 것이 나을 것 같았다. 통증을 참고 다시 기본적인 동작을 해보기로 했다. 일주일에 두 번 하는 요가 수업을 세 번으로 늘렸다. 모든 일에 있어서 잘되지 않을 때는 기본으로 돌아가는 것도 하나의 좋은 방법이다. 기초가 잘되어 있으면, 쉽게 무너지지 않는 것 같다.

교통사고를 겪기 전에는 근육 사용에 대해 심도 있게 생각하지 않았다. 나와는 거리가 먼 이야기라고 생각했다. 몸의 신경

눈물 나는 날에는

과 근육의 통증이 크게 아픔이 없었다. 그래서 귀담아듣지 못했다. 열심히 운동하면 된다는 생각이었다. 정성을 다하지 못한 후회는 사고를 당하고 난 뒤 아쉬움을 가지게 했다. 지금은 다르다. 받아들이는 태도가 달라졌다. 좋은 경험이든, 나쁜 경험이든 경험 자체는 중요한 것 같다. 예상할 수 없는 사고와 질병은 항상 우리 곁에 노출되어 있다. 그래서 준비 자세가 필요하다. 사고와 질병으로 아팠을 때 이겨내는 힘을 기르기 위해 운동을 하는 것이다. 빠르게 정상으로 되돌릴 수 있는 것이 운동이라고 한다.

수업 시간에 설명하는 내용에 집중한다. 의식을 내 몸에 두고 관찰하며 선생님이 말하는 포인트를 놓치지 않았다. 땀이 날 정도로 밀려드는 힘듦을 바라보아야 한다. 떨리는 팔과 허벅지는 관찰이다. 손과 발의 두 번째 검지를 정확한 위치에 자리하고 의식을 깨어 있게 해야 한다.

눈으로 보는 것이 아니라 마음으로 보아야 한다. 시간이 지나면서 달라지는 몸과 의식은 마음의 그릇까지 키운다. 올바른 근육의 사용은 삶을 활기차게 하고 자신감을 준다. 에너지가 생성되고 힘이 생긴다. 그것은 근육이 단단해지고 있다는 것이다. 집중에 집중을 더하며 1시간의 수업에 마음을 머물게 했다. 조금씩 근육이 제대로 사용되고 통증이 점점 얕아지는 느낌이다.

귀의 감각을 열고 집중해서 들으면 답은 있다. 답을 찾는 것은 사람마다 다르다. 같은 수업을 듣고 있어도 여전히 못 찾는 사람들이 많다. 무슨 말인지 이해는 하지만 몸은 다르게 움직이는 사람이 생각보다 많다. 의식을 같은 공간에 두고 있지 않기 때문이다. 나 또한 그랬다. 오랜 수련이 나를 조금씩 보는 힘을 생기게 했다. 정확하게 자신을 지켜보는 힘을 키워야 한다.

자기 기준에 생각을 맞추고 편한 방식으로 동작을 하는 것은 흉내 내기이다. 안 하는 것만 못하다. 정확한 포인트를 내 몸에 맞추는 것은 고통이 따른다. 비뚤어진 것을 바르게 사용하기 위해서는 아픔과 인내의 시간이 필요하다.

사람들은 당장 고통을 받아들이지 않는다. 자신을 믿고 노력해야 한다. 잡념을 떨쳐내고 마음을 한곳에 집중하고 참아야 한다. 인내의 과정을 거치지 못하면 성장하지 못한다. 오랜 시간 고장 난 몸은 그만큼 시간이 필요하다. 한순간에 되는 것은 없다. 급한 마음부터 내려야 한다.

기본에 충실하니 앎이 넓어진다. 7년 동안 요가를 했던 몸보다 몇 개월 동안 집중적으로 올바른 근육을 사용한 몸이 바른 자세와 가벼움을 준다. 지켜보던 선생님은 정말 많이 좋아졌다

28

고 했다. 나 역시 느낀다. 몸이 달라지고 있다. 알고 사용하는 근육과 알아차리지 못하고 사용한 근육은 분명 달랐다.

예전의 나보다 지금의 나 자신이 몸과 마음을 성장시켰다. 아는 것과 모르는 것은 차이를 둔다. 내 몸이다. 타인의 몸도 아닌 나의 몸은 가장 중요하다. 그래서 허투루 듣지 않는다.

내 몸 사용을 제대로 하고 오랫동안 건강하게 사용해야 한다. 몸의 아픔은 정신을 나약하게 한다. 그래서 더없이 소중하다. 올바른 근육을 사용하기 위해서는 내 몸을 공부해야 한다. 원인을 알 수 있고, 통증을 예방하고, 올바른 근육 사용법을 알 수 있다. 많은 시간을 투자해서 공부하는 것보다 수업 시간에 집중해서 내 몸에 적용하면 내 것이다.

타인에게 의지하는 삶보다 스스로 치유할 수 있는 삶을 살아야 한다는 마음이다.

마음 그릇에 삶을 담다

맑은 날 검은 연기 피어나도

눈물샘 보이지 않고

쓴잔을 들이키며

내 안의

나이테를 만듭니다.

불어오는 바람 소리에

마음 빗장 열지 않고

진실 열매를 삼키며

내 안의

울림을 만듭니다.

미움이 칼끝 되어 날아와도

영혼 의식 물들지 않게

눈물 나는 날에는

부서지는 심장에 꽃 피우며

내 안의

향기를 만듭니다.

학교 폭력 예방 지도사 양성 과정 자격증 교육을 들었다. 아이를 학교에 보내면서 학교 폭력에 대한 정의를 정확하게 알지 못했다.

학교 폭력이란 학교 내외에서 학생을 대상으로 발생한 상해, 폭행, 감금, 협박, 약취, 유인, 명예훼손, 모욕, 공갈, 강요, 강제적인 심부름 및 성폭행, 따돌림, 사이버 따돌림, 정보통신망을 이용한 음란, 폭력, 정보 등 신체·정신 또는 재산상의 피해를 수반하는 행위를 말한다.

2016년 학교 폭력 실태조사 결과에 학교 폭력을 경험한 학생 중 48.6%가 초등학생이라고 한다. 어릴수록 폭력을 많이 한다는 것을 알 수 있다.

학교 폭력 유형으로 언어폭력, 집단 따돌림, 사이버 괴롭힘, 스토킹, 신체 폭행, 금품 갈취 등등 있다. 그 중에서 언어폭력이 모든 폭력의 시작이다. 언어폭력은 직접 욕설을 듣는 것보다 휴대폰으로 주고받는 욕설이 마음 상처가 오래간다고 한다. 기기의 발달로 좋은 점도 있지만, 부정적인 면을 감당해야 하는 점도 있다. 지나치게 기계에 의존한 까닭에 디지털 치매로 아이들 뇌가 침해당하고 있다. 인내와 생각하는 능력이 떨어지고 있다. 가볍게 하는 욕설은 아이들 일상 언어가 되었다. 생각하지 않고 무심코 사용하는 욕설이 상대방에게 큰 상처를 주고 가족까지 피해를 입힌다는 생각을 하지 못한다.

딸아이가 고등학교 1학년 때 일이다. 중학교 졸업 후, 친한 친구들이 운 좋게 같은 고등학교에 가게 되었다며 좋아했다. 낯선 아이들 속에서 생활해야 하는 두려움 때문에 위안을 가지는 듯했다.

고등학교에 입학하고 즐겁게 지내는가 싶더니 어느 날, 딸아이는 학교에 가기 싫다고 한다. 침울한 표정은 세상 걱정·근심·불안·초초 다 안은 얼굴이었다. 짜증 섞인 말투로 심각하게 말을 하는 것이다.

"나! 다른 학교로 옮겨 주면 안 돼?"

생각지도 않은 소리에 당황스러웠다. 맥이 '확' 빠지는 느낌이었다.

"왜? 무슨 일 있어?"

입술을 꼭 다물고 눈길을 피하고 있었다. 타이르듯이 몇 번을 물어봐도 대답을 하지 않는다. 인내의 바닥이 보일 때쯤 짜증 섞인 말투로 큰 소리로 말을 했다.

"아니! 무슨 일 있냐고? 말을 해야 알잖아."

딸은 자기 마음을 몰라준다는 듯 이불을 뒤집어 쓰고 소리를 질렀다.

"몰라. 그만 묻고 나가. 내 일은 내가 알아서 할 테니깐 그만 신경 끄라고. 그냥 학교 가기 싫어. 빨리 문 닫고 나가라고."

가슴에 큰 돌덩이가 누르고 있는 것처럼 갑갑했다. 마음의 문을 닫아버리면 어떻게 하지? 요즘은 은둔형 외톨이가 많다. 혹시나 내 아이도 그렇게 되지 않을까? 걱정되는 마음은 오만 가지 생각에 사로잡히게 했다. 성급한 생각을 하지 않으려 했다. 지켜본다는 것은 답답함을 넘어 머리에서 용광로가 끓어 올라 폭발할 것 같았다. 입안은 장작이 타들어 가는 건조함을 주었다. 숨 막히도록 떨리는 가슴은 열감이 오르락내리락했다. 비정상적인 행동에서 오는 불안은 일에 집중이 되지 않게 했다. 온통 딸아이 생각으로 다른 생각이 치고 들어 올 틈이 없었다.

자식의 일은 정말 대책 없이 다가온다. 마음대로 할 수 있는 일도 아니고 항상 나의 인내심을 시험하게 한다. 그래서 남의 자식 이야기는 함부로 말하면 안 된다는 것을 자식을 통해 배운다. 내 아이도 어떤 상황을 맞이할지 알 수 없기 때문이다.

딸아이 혼자 지내는 시간은 늘 불안·초조하게 보였다. 어느 날, 한참을 울었는지 눈이 부어 있었다. 본인도 살고 싶다는 생각이 들었는지 어두운 표정으로 나에게 거리를 좁혀왔다. 기다림의 결과처럼 느껴졌다. 답답한 마음을 털어놓고 싶다는 마음을 보였다. 모든 상황 판단을 머릿속으로 계산한 듯 자기 관점에서 유리한 쪽으로 말을 하고 있다는 느낌이 들었다. 말을 가로채고 싶지 않았다. 올라오는 감정을 억누르며 지금 상황은 충고가 아니라 끝까지 들어주는 것이 답이라 생각했다.

친한 친구와 말다툼이 있었다고 한다. 나는 딸아이와 말다툼한 상대가 누구인지 잘 알고 있다. 딸아이는 한 명의 친구에게 상처 주는 말을 했었다. 상대 친구는 기분이 나쁘다며 같이 어울려 다니는 친구들을 자기편으로 만들어 딸에게 집단 공격하고 있었다.

친구들은 수업 시간이나 쉬는 시간에 마주치면 욕설을 하고 간다고 했다. 카카오톡을 차단하는 것이 어떠냐고 말했다. 딸아이는 짜증을 내면서 안 된다고 한다. 이해할 수 없는 행동이었다. 나도 교육을 들으면서 알게 된 사실이다. 단톡방에 초대해서 한 친구를 두고 언어폭력을 집중적으로 하고 만약에 그곳에서 나가기를 하면 집단 따돌림과 협박으로 무서울 정도로 폭력을 가한다고 한다. 어른보다 더 무서운 10대들이다. 보이지 않는 사이버 공간에서의 고통이었다.

언어폭력과 사이버 따돌림을 당하고 있던 딸아이의 말을 듣는 순간 심장이 갑자기 뛰기 시작했다. 성질이 치밀어 학교로 날려가고 싶었다. 내 자식이 고통을 받고 있다는 생각을 하니 이성보다 감정이 앞섰다. 잘못하면 애들 싸움이 어른 싸움이 될 수 있는 상황이었다. 누구의 잘잘못을 따지기 전에 사건은 일어났고 해결 방법을 빨리 찾아야 한다는 생각밖에 없었다. 현명하게 대처해야 했다. 마음을 내리고 위클래스 선생님께 도움을 청하라고 했지만, 딸아이는 몇 번을 상담 받았다고 한다. 원하는 방향의 해결책이 나오지 않은 모양이었다. 딸 친구들은 선생님 앞에서는 알았다고 했지만, 행동엔 변화가 없었다고 했다. 이러지도 저러지도 못할 만큼 답답했다.

뒷날 담임선생님께 전화로 차분하게 이야기를 전했다. 딸아이와 친구들이 상처받지 않게 해결해 달라고 요청했다. 담임선생님은 딸아이를 불러 이야기를 듣고, 다른 아이들을 한 명씩 불러서 상담했다고 한다. 해결이 되지 않으면 학교 폭력 위원회를 열 생각까지도 했었다. 이전보다는 심하게 욕설을 하거나 카카오톡으로 공격하는 것은 줄었다. 하지만 앙금은 남아 있었다. 욕설하는 행위는 보이긴 했지만, 집단 폭행이나 갈취는 없었다. 딸아이는 자기 잘못을 알고 있었다. 친구에게 미안한 마음이 있었기 때문에 따돌림을 감당하기 위해 노력했다. 불안한 마음은 있었지만, 참고 기다렸다. 오랜 시간 언어폭력과 사이버 따돌림에 시달렸지만, 딸아이는 잘 극복해 냈다. 시간이 흘러 집단 따돌림을 했던 친구들과 화해를 하고 지금은 잘 지내고 있다. 예전만큼 절친 관계 사이는 아니지만, 적절한 거리를 두고 딸아이는 잘 조절하며 친구 사이를 유지하고 있다.

나는 교육 과정을 이수하고 집에 있는 딸아이에게 그때 있었던 일을 이야기했다.

"엄마! 아직도 그 일을 기억하고 있어? 사실은 내가 먼저 그 친구한테 진짜 심하게 말을 했었어. 좀 심하긴 했지."

크게 웃는 모습을 보니 마음의 상처로 남지 않아 다행이었다. 딸아이는 가해자 입장도 피해자 입장도 되어보았다. 학교 폭력은 이기는 사람도 지는 사람도 없는 서로에게 깊은 상처만 남기는 일이다. 승자도 패자도 없는 폭력은 일어나지 말아야 한다.

교육을 받으면서 생각이 교차했다. 혹시나 내가 무심히 던진 말에 내 아이에게 마음의 상처를 주지 않았는지? 부모의 역할을 잘하고 있는지? 나 자신부터 돌아보게 하는 교육이었다.

학교 폭력 사례 관련 영상을 보면서 안타까운 장면이 많았다. 괴롭힘과 따돌림에 스스로 견디기 힘들어 자해하는 학생, 버지니아 공대 총격 사건-'조승희' 학생은 자기를 괴롭힌 친구들을 죽이고 스스로 목숨을 끊었다. 소중한 친구끼리 상처 주는 말이 아닌 힘이 되는 말을 사용해야 한다.

부모가 아이들에게 조금만 관심을 보였다면 사전에 일을 막을 수 있었다. 우리 교육이 너무 경쟁 위주로 가는 것은 아닌지? 경제적 어려움이 가족의 사랑을 덮게 만드는 것은 아닌지? 돈이 권력이고 성공이라는 사회 관념이 잘못 흘러가고 있는 것은 아닌지? 큰 그릇을 강조하기보다는 깨끗한 그릇이 되었으면 한다. 학교 폭력은 학생들에게만 해야 하는 교육이 아니라, 말을 할 수 있는 사람은 다 받아야 하는 교육이 되어야 한다. 세상을 바꾸는 것은 사람이다. 사람을 변화시키는 것은 교육이다. 첫 교육은 가정에서 시작된다. 가정교육이 학교 폭력과 군대 폭력 그리고 사회생활까지 영향을 미친다. 우리는 지식의 배움에 배고파하지 말고 먼저 생각의 무게를 가질 수 있는 태도와 인성 교육에 더욱 신경 써야 한다는 생각을 가져본다.

눈물 나는 날에는

스치는 만남

12월 아침
하얀 세상으로 덮은
서리꽃 향연

맑고 투명한 공기
눈 감은 가벼움
마음 문 노크하고

짙은 자연의 향기
취해 걷는 산책길
한 발짝 두 발짝

똑같은 길이지만
어제와 다른

오늘 걷는 길

바람 손님 없는

양지바른 잔디 위

눈 마주친 고양이

만남은

눈으로 느끼는 것이 아니라

마음의 선을 연결하는 것이다.

서리꽃

산책길

고양이

오늘

마음의 선에서

스치는 만남에 의미를 가진다.

12월 겨울 아침 들판에 새하얀 서리꽃이 만개하였다. 산과 들 그리고 멀리 내려다보이는 잔잔한 저수지는 한 폭의 그림이다.

태양이 떠오르며 반짝거리는 다이아몬드의 광채는 눈부심이다. 살면서 손꼽힐 정도로 아름다움을 선사하는 광경에 탄성이 절로 나온다. 자연은 생각하지 못한 선물을 내어준다. 또 살아가게 한다. 기적 같은 자연의 아름다움은 환경에 일치점이 있어야 만날 수 있다. 비록 몸은 내 자리에 있지만, 마음은 먼 곳을 여행 다녀온 느낌이다. 영혼의 빛 샤워를 했다. 서리꽃은 마음의 보이지 않은 에너지 층에 낀 먼지들을 데리고 떠났다. 마음 공간은 가볍고 맑다.

가벼워진 마음은 산책길을 나서게 한다. 현관문 넘어 첫발을 내딛고 맞이한 차가운 공기에서 상쾌함이 느껴졌다. 집 주위에 있는 아파트 옆 하천을 따라 산책길이 만들어져 있다. 자주 다니는 산책길이지만, 오늘만큼은 더 여유롭고 새롭다. 그것은 날마다 맞이하는 내 마음이 다르고 자연도 매일 변하기 때문이다. 똑같은 길이지만 다른 느낌이다. 오른발 왼발 집중하며 자연과 하나가 되어 걸어가는 마음은 경쾌하고 가볍다.

중간쯤 걸어가니 나를 맞이해 주는 손님이 있었다. 나지막한 가로수 나무 사이에 햇볕이 잘 드는 양지바른 잔디 위에 검은 고양이가 눈을 껌벅거리며 오가는 사람을 쳐다보고 앉아 있었다. 온몸으로 자외선을 맞이하고 사람 구경을 하는 모습은 세상 편해 보였다. 사람들이 다니는 길에 방해가 되지 않게 햇빛이 잘 드는 숨은 자리를 차지하고 있었다. 눈이 아주 초롱초롱했다. 새끼 고양이라는 것을 알 수 있었다. 가까이 다가가니 눈치를 보았지만 피하지 않았다. 모든 게 귀찮은지 꼼짝달싹하지 않는다. 길에 있는 고양이를 보니 예전에 집에서 키웠던 고양이 생각이 났다.

딸아이가 어릴 때 애완동물을 키우고 싶다며 말했다. 아들과 나는 비염이 있어 동물을 좋아하지 않았다. 애완동물을 키우는 친구들의 이야기를 듣고부터는 마음은 애완동물에 사로 잡혀 버렸다. 어떤 말도 귀담아듣지 않았다. 달래며 이해시키려 했지만, 오히려 서로의 감정만 상할 뿐이었다. 다른 생각이 비집고 들어갈 공간을 주지 않았다. 결국, 나는 집 근처 동물병원에서 새끼 고양이를 데리고 왔다. 집으로 데리고 오기 전 필수 예방접종을 해야 한다고 수의사는 강조했다. 애완동물을 집으로 데려올 때 갖추어야 할 준비물이 생각보다 많았다. 고양이는 무료로 분양해 왔지만, 생각지도 못한 비용이 많이 들었다. 배보다

눈물 나는 날에는

배꼽이 컸다. 딸아이를 위해 그리고 고양이의 정서적 안정을 위해 각오해야 했다. 낯선 공간에서 빨리 적응을 해주길 바랄 뿐이었다. 원했던 고양이를 품에 안겨주자 딸아이는 환호하며 기뻐했다. 좋아하는 모습을 보니 고양이를 데리고 오길 잘했다는 생각이 들었다.

그날 밤 우리는 둘러앉아 고양이 이름을 지어 주기로 했다. 이름은 '랑이'로 결정했다. 고양이는 우리 가족을 뭉치게 했다. 평상시에 볼 수 없는 진지한 회의 분위기는 고양이가 우리의 일부가 되면서 자연스럽게 만들었다.

랑이가 집에 오고부터 딸아이는 학교를 마치고 곧장 집으로 달려왔다. 일 순위는 랑이와 노는 일이다. 밥을 챙기고, 분뇨를 치우고 장난감으로 놀아 주었다. 시키지 않아도 스스로 하는 모습이 대견스러웠다. 보호 본능은 자기보다 여리고 어린 마음에서 나오는 것 같았다. 직장에서 돌아오면 난장판을 만들어 놓은 랑이를 꾸지람했다. 딸아이는 보호자처럼 나에게 맞섰다. 지켜 주고 싶은 마음이 강해 보였다.

학원 가는 시간도 잊을 정도로 랑이와 놀며 길들이기에 빠져 있다. 빨리 주인된 마음으로 교감하기를 원했다. 이름을 부르면 달려와 자기 품에 안기는 그날이 오길 기대하며 열심히 훈련에 몰입했다. 강한 집념을 보이는 새로운 모습이었다. 적극적으로 보살피고 정성을 쏟는 모습이 보였다. 하지만 랑이는 쉽게 마음을 열지 못하고 있었다.

집에 도착하면 랑이를 불러보지만, 본 척 만 척 눈길조차 주지 않는 도도한 모습이다. 처음에는 '괜찮아! 그래도 내가 사랑해 주고 길들이면 될 거야! 시간이 필요해' 하며 딸아이는 긍정적으로 생각했다. 많은 시간이 흘러도 고양이는 변함없다. 랑이와 노는 재미를 서서히 잃어 가고 있었다.

집에 들어오면 랑이를 부르지도 찾지도 않는 없는 존재처럼 대했다. 둘 사이는 냉랭해졌다. 딸아이의 관심 일 순위에서 밀려난 랑이는 내 차지가 되었다. 틈날 때마다 고양이 길들이기 분위기로 들어갔다. 훈련을 잘 시켜서 아이들에게 보여주고 싶었다. 내가 놀고 있는 것인지? 훈련을 시키고 있는 것이지? 시간은 잘 갔다. 시간에 투자하여 훈련을 시킨 만큼 랑이 마음의 문은 꿈쩍도 하지 않았다. 본능에만 충실했다. 랑이에게서 점점 마음이 멀어지고 있었다. 빨리 우리와 동화되기를 원하는 마음이 간절했다. 마음이 지치고 있었다. 랑이는 첫 번째 주인으로부터 버림을 받은 녀석이었다. 얼어버린 마음은 우리를 관망하는 자세로 보았는지 모른다. 목욕을 한 번 시키려면 바다과 내

옷은 물로 가득했다. 힘들어 간 몸은 늘 불안한 모습을 보였다. 쉽게 내려놓지 못하는 마음에 더 무거운 상처를 주는 것 같아 몹시 갈등되었다.

딸과 아들은 다시 동물병원에 데려다주겠다는 제안에 아무 말이 없었다. 긍정으로 받아들이는 태도였다. 랑이를 보내는 날 아무도 슬퍼하거나 헤어지는 것을 힘들어하지 않았다. 쉽게 정을 떼는 아이들의 모습을 보니 미안한 마음이 들었다. 힘든 상황 앞에서 사람은 이기적인 마음을 가지게 되는 것 같았다. 딸 아이에게 앞으로 우리의 욕심 때문에 책임지지도 못 할 행동은 하지 말자고 말했다. 차마 떨어지지 않는 발걸음은 랑이가 왔던 곳으로 향하고 있었다. 불안해 보이는 눈빛과 긴장된 몸은 버림받는다는 것을 아는지 가는 내내 '야옹야옹' 하며 소리를 냈다. 뭉클한 마음은 미안하다는 말을 수없이 했다. 좋은 주인 만나 행복하게 살아주길 바라는 마음뿐이었다.

돌아오는 길은 마음과 몸이 무거웠다. 뭔가 남겨진 마음은 아쉬움과 미련을 가지게 했다. 가족의 일부가 되기 위해서는 고충의 시간을 받아들여야 하는 자세가 필요했다. 우리 가족의 마음은 진심 열린 마음이 아니었다. 관심과 인내를 더 많이 가져야 했었다. 어설픈 생각과 행동에서 깊은 반성의 시간을 가졌다.

양지바른 잔디 위에 자유를 느끼는 고양이와 눈이 마주친 순간, 잊고 있었던 랑이와의 추억을 잠시 생각했다. 잘 지내고 있을 거라는 믿음을 가져본다. 지나간 시간의 공간에 '랑이'라는 고양이가 있었다는 것을……

눈물 나는 날에는

봉암사 풍경 소리

국수산

터줏대감 봉암사*

주지 법산 스님 설법

마음 깨우치게 하고

만리 길 밖까지 울리는

애절한 목탁 소리

심금이 눈물 되어

천하를 에워싼다.

---

* 봉암사: 울산광역시 울주군 범서읍 중리 158

깨우치게 하는 마음

내려놓게 하는 합장

대웅전 처마 밑 풍경 소리

진한 감동 가슴 울리게 하고

삶의 무게 내려놓은

가벼움 가지게 한다.

2019년 기해년 황금돼지해 설날을 맞이했다. 올해는 황금의
기운으로 힘든 사람에게 복이 많이 있는 해가 되었으면 좋겠다.
더불어 사는 사회는 혼자만 잘 먹고, 잘 산다고 좋은 것은 아니
다. 모두가 같이 잘되어야 마음을 나눌 수 있고 여유도 생긴다.
내 마음이 편하고 행복하면 남이 잘못해도 관대한 마음으로 용
서와 이해가 된다. 마음이 힘들고 불편하면 별거 아닌 작은 문
제도 예민하고 싸움거리가 된다. 모두가 흥한 한 해가 되었으면
하는 바람이다.

눈물 나는 날에는

황금돼지해 첫 명절을 앞둔 어머니는 평상시와 다르게 피곤하다고 했다. 나보다 더 건강하고 잘 드셨다. 피곤하다고 하니 살짝 걱정되었다. 차려진 음식은 많지 않지만 준비하는 과정은 사람을 지치게 한다. 아려오는 손가락 통증이 심리적으로 우울하게 한 것 같았다. 이른 시간에 갔지만, 내가 도착했을 땐 끝나가는 분위기였다. 전기 팬 옆에 앉아 몇 개의 전을 굽는 것으로 명절 음식을 도운 셈이 되어버렸다. 동서 역시 뒤늦게 도착하여 미안한지 두리번거리며 전 굽는 것을 도왔다.

올 명절 음식은 다른 명절과 다르게 음식이 확 줄었다. 형식만 갖춘 음식 준비는 정갈하고 편했다. 정을 나누며 이야기하는 시간은 아쉬웠지만, 일을 빨리 끝내고 쉴 수 있는 시간을 가져서 좋았다.

"원정이, 윤서 어매야! 한 살 더 먹으니 몸도 내 마음대로 안된다. 내 죽으면 제사를 절에 회양시켜래이. 봉암사 스님에게 물어봤더니, 요즘은 제사를 절에서 다 지내준단다. 그러니 제사 때문에 스트레스 받지 마래이."

어머니는 스트레스가 만병의 원인이 된다며 즐거운 마음으로 살라고 했다.

봉암사는 어머니가 다니는 절이다. 국수산에 둘러싸여 아담하게 자리하고 있는 봉암사는 어머니의 안식처이다. 제사는 조상을 기리는 마음으로 정성을 다해 음식을 차리는 의식이다. 조상을 위한 마음보다 나를 위한 마음이 더 중요하다는 생각이다. 윤회를 생각해 보면 결국 나는 조상이고 후손이 되기 때문이다. 우리의 전통적인 유교 정신과 원리에 대해 의미를 되새겼으면 한다. 가족이 함께 음식을 먹고, 만드는 즐거움은 소중한 경험이다. 대가족에서 핵가족 시대이다. 정을 그리워하는 사람들이 늘고 있다. 가족은 든든한 마음과 힘을 준다.

몇 년 전 어머니 집 내부 수리 공사가 있었다. 그때 제사가 하나 중간에 있었다. 어머니는 제사 음식 때문에 걱정이 이만저만 아니었다. 고민 끝에 제사 음식 만들어 파는 가게에 주문하겠다고 했다. 언젠가는 내가 준비해야 할 때가 올 것이다. 미리 연습한다는 생각으로 해보고 싶었다. 한 번도 해 보지 않은 며느리에게 음식을 맡기는 것이 걱정되었는지 안 된다고 말렸다. 직장 생활로 바쁘고 피곤한데 해야겠냐며 말렸지만 내 의지를 꺾진 못했다. 한 번 도전해 보고 싶다는 마음이 들었다.

실패에 대한 두려움도 있었지만, 잘할 수 있다고 큰 소리쳤다. 믿음을 주고 싶었다. 첫 작품의 성공은 살아가면서 무슨 일을 하더라도 평가의 기준이 되는 것 같다. 처음이라는 설렘과 기대감을 놓치고 싶지 않았다.

처음 만들어 보는 음식이지만 입에 찰싹 붙을 정도로 맛있었다. '우와! 내가 만든 음식이 맞어.' 할 정도였다. 전문가 못지않은 모양과 맛은 자신감을 불어 넣게 했다. 막상 닥치고 해보니 별것도 아니었다. 남편과 함께 시장을 보고 음식을 장만했다. 제사상에 차려지는 음식만 하니 간단하고 빨리 끝이 났다. 어머니는 깔끔하고 간단하게 준비한 음식을 보고 음식점에서 맞춘 것 같다며 칭찬을 아끼지 않았다. 어깨가 '으쓱'해지는 뿌듯함이었다. 한번 붙은 자신감은 제사 음식에 대한 두려움이 없어졌다.

어린 시절부터 체화된 유교 사상은 나에게 낯설지 않은 자연스러움이다. 마땅히 지켜야 하는 도리道理라 생각했다. 아무리 시대가 변해도 옛것에 대한 소중함과 조상에 대한 존중의 마음이 있어야 한다는 생각이다. 우리 아이들은 나보고 옛날 사람이라고 한다. 그래도 나는 옛것이 좋고 정겹다.

요즘 트렌드 '뉴트로'라는 신 단어가 있다. 옛날의 복고가 아닌 새로운 복고라는 의미이다. 변화는 시대에 맞게 새로운 복고가 만들어지고 있다. 중장년층이 생각하고 느끼는 옛것의 복고

retro가 아닌 옛것을 중심으로 새로운 것을 접목한 것이다. 결국은 전통에서 나온 생각이다. 옛것을 완전히 버리고는 새로운 탄생은 없다. 새로운 것에 식상한 젊은 계층10~20대이 엄마, 아빠 세대의 것을 가지고 새롭게 해석을 한 것이다. 과거의 것을 가지고 현재에 맞춰 파는 것이다.

논어에 '온고지신'이라는 말이 있다. 새것은 옛것 속에 들어 있다. 새것을 위해 혁신과 창조를 내세우고 있지만, 그 안에는 옛것의 정체가 있다는 것이다. 완전한 새로움은 없다.

제사 역시 과거의 형식을 고집하기보다는 현재에 맞게 지내면 된다. 거창한 음식보다는 마음이 중요하다는 생각을 가진다. 바쁜 일상을 보내는 우리에게 가족과 친척의 얼굴을 보며 담소를 나누는 일은 서로에게 관심을 가져주는 일이라 생각한다.

나는 '레트로'의 세대 와 '뉴트로'의 중간 세대이다. 베이비붐 세대도 아니고, Z세대도 아닌 X세대이다. 옛것을 받아들이고 Z세대가 원하는 새로운 변화에 적응해야 한다.

2장

누군가 그리운
날에는

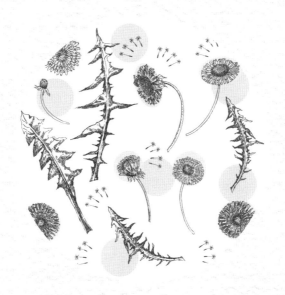

젊은 꽃, 바람 되어 가는 날

스무고개 세월의 만남
정열의 꽃 피워보지만
쉴 곳 없는 삶의 피로

잃어버린 인생길의 방황
심장의 빛 잠재우고
마지막 숨결 마시며 떠나는 길

하얀 국화꽃 향기
이승과 저승 연결통로
돌아올 수 없는 구름다리 앞

젊은 꽃 바람 되어 가는 날
하늘 호수 수문 열려

가슴에 비로 내린다.

안타깝다.

가슴 안, 비가 타서

얼굴에 눈물로 내린다.

마음 벽지에 새긴 전우

붉은 강줄기 타오르는 기둥
작은 먼지 되어 날아간 두려움
한잔 술에 비틀거리는 그림자

숨어버린 달 찾아 헤맨 밤
풀벌레 우는 소리 친구 되어
마음 벽지에 작별 인사 쓴다

하얀 국화 한 송이 가슴 안겨
떠나보내는 마지막 아들 모습
핏발 세워 울부짖는 전우 어머니

숨겨 둔 마음자리 낡은 사진첩 속
나는 어느 별에서 왔을까?

뒤돌아보게 하는 발자취들

아들이 군대 첫 휴가를 나오는 날이었다. 자대 배치를 받고 100일 만에 본다. 아침 9시에 군대에서 출발하여 기차역에 도착했다는 전화가 왔다. 약간 떨리는 목소리는 자유를 누릴 시간이라는 외침이었다. 구속된 마음에서 벗어난 자유로움은 몸이 두 개라고 할 수 없을 만큼의 계획을 세우고 있었다. 빨리 친구들을 만나 수다를 떨며 쌓인 스트레스를 풀고 싶은 모양이었다.

비가 부슬부슬 내리는 날이다. 하필이면 첫 휴가 날에……

친구를 만나고 난 뒤 "엄마. 지금 버스 타고 집으로 가겠습니다." 한참을 기다려도 오지 않았다. 다시 전화했다. 아들은 아침 목소리와 다르게 힘이 없었다.

"음……. 엄마. 저 버스를 잘못 타서 다른 방향으로 와 버렸습니다. 집에 도착하는 시간이 늦어질 것 같습니다."

"지금 어딘데? 우리가 태우러 갈게."

아들과 우리는 서로가 알고 있는 장소를 말하며 전화기를 붙들고 갔다. 퇴근 시간은 여기저기 차들이 끝이 보이지 않게 줄

지어 서서히 움직였다. 마음은 비상 깜빡이를 켜고 거리의 무법자처럼 아들에게 달려가고 싶었다. 멀리서 '뚜벅뚜벅' 비를 맞으며 걸어오는 아들이 보였다. 보자마자 차에서 내려 허리를 감싸며 아들의 냄새를 맡았다. 땀 냄새가 났지만, 나에게는 그리운 아들의 향기였다. 거대한 느티나무를 안은 느낌이었다. 나를 지켜줄 것 같은 든든함이었다. 넓은 가슴은 포근하고 아늑했다. 아들은 반가움을 표현하기 위해 애써 웃음을 지으려 했다.

아들은 차에 타자마자, 한숨을 쉬며 가방을 옆자리에 던졌다.

"후우……. 휴가 첫날부터 운이 좋지 않네요."

우울한 목소리였다.

"왜? 무슨 일 있었니?"

"비도 오고, 차를 잘못 보고 타서 다른 방향으로 갔고, 내려서 걸어오다가 맨홀 뚜껑 위에서 미끄러져 엉덩방아 찍고, 휴대폰 액정도 깨지고, 원빈이는 같이 밥 못 먹는다며 짜증내고, 오늘 좀 그렇네요. 첫 휴가 날인데."

징크스가 될까 봐 두려워했다.

괜찮다며 우리는 마음을 풀어주기 위해 노력했다. 키 186cm, 몸무게 90kg가 넘는 아들은 기대에서 실망이 되어 버린 현실을 부정하고 싶은 말투였다. 거대한 몸은 성인으로 성장했지만, 말하는 표정과 행동은 아직 성장한 몸을 따라오지 못한 소년이다. 영원히 내 눈에는 철없는 아들로만 보일 것이다. 아들은 전생에 남편이었거나, 사랑했던 사람이라고 한다. 사실일까? 보고만 있어도 사랑스럽고 든든하다. 믿지가 않고 관대한 마음을 가지게 한다. 100일 만의 상봉이었다. 생각했던 것보다 아들은 살이 쪄서 허벅지가 터져 나갈 것 같았다. 잘 지내고 있다는 안도감이 들긴 했다. 마음이 편하고 생활이 힘들지 않으니 살이 찌는 것이 아닌가 하는 우리의 생각이었다.

"아들! 힘내! 맛난 거 먹으러 가자."

3박 4일 동안 우리 네 식구는 '도란도란' 앉아 식사를 함께 하지 못했다. 잠이 부족했던 아들은 아침 늦게까지 잠을 잤다. 딸아이는 학교로, 남편과 나는 회사 일로 바빴다. 퇴근하고 돌아오면 아들은 친구들과 광란의 밤을 보내고 새벽에 들어왔다. 3박 4일의 시간은 짧았다. 첫날 아들과 이야기 나눈 시간이 우리가 유일하게 많이 보낸 날이었다. 부대 복귀하기 전 아들 전화가 왔다.

"어무이! 아들 군대 복귀합니다."

밝은 목소리로 보고를 했다.

"응. 아들! 잘 지내고 다이어트 알지?"

아들은 자기가 있어야 할 자리로 돌아갔다. 든 자리는 표가 잘 안 나지만 난 자리는 표가 난다는 말처럼 마음 한 곳이 허전했다. 있는 동안 따뜻한 밥을 제대로 챙겨 주지 못한 미안함이 밀려왔다. 군대 복귀하면 언제 다시 아들의 목소리를 들을 수 있을지 모른다. 아들을 본 지 몇 시간도 지나지 않았는데도 그립고 보고 싶어졌다.

무사히 복귀한 뒷날 아들의 전화 요청 문자가 들어와 있었다. 평일에는 군 복무로 전화를 할 수가 없다. 그런데 문자가 들어와 있다. 이상했다. '부대입니다. 전화 주세요. 아들입니다.' 심장이 요동쳤다. 확인 후 바로 전화를 했다.

"음……. 엄……마!"

"아들! 무슨 일 있어?"

다급한 목소리로 말했다.

한동안 아들은 '엄마' 소리만 하고 말을 꺼내지 못했다.

"엄마! 어제 저녁 5시 반쯤에 부대에 복귀했어요. 근데 저녁 7시 50분에 제가 알고 지내던 병장님이 지하실에서 벨트로 목을 매고 자살했어요."

아들은 한숨을 쉬었다.

"어떻게 그 시간에 지하실에 내려갈 수 있어?"

"저녁 7시 30분까지 자율시간이었는데 한참 지나도 돌아오지 않자 군에 있는 전원이 찾아도 보이지 않아 CCTV를 확인하니 지하실 내려가는 모습이 찍혔어요. 가보니 그런 일이 생겼어요. 왜? 죽는지 모르겠어요. 오늘 새벽 2시쯤에 병장님 어머니하고 이모부가 오셨어요. 제가 당직 시간이어서 CCTV를 보고 있었어요. 어머니가 고함지르시며 우는데 거의 실신 상태였어요. TV에서 보는 장면을 직접 보니 마음이 이상했어요."

마음에 충격을 받은 듯 아들은 본 장면을 자세히 이야기 했다.

"음……. 우리 아들 어떻게 해. 마음이 힘들었겠구나. 병장이면 조금만 참으면 제대하는데 왜 그랬을까? 안타깝다."

생각지도 못한 일에 무엇이라 말할 수가 없는 안타까운 마음만 들었다.

"그러게 말입니다. 이야기하고, 밥 먹고, 같이 놀던 사람이 갑자기 하루아침에 이 세상에 없다는 것이 믿어지지 않아요. 지금 다들 제정신이 아니에요. 저도 그렇고."

아들은 처음으로 가까이에서 죽음을 보고 느꼈다. 죽음 앞에서는 누구를 막론하고 숙연해진다. 성장하면서 경험하지 못했던 일을 겪은 마음에서 혼란이 생긴 것 같았다. 삶과 죽음에 대해 계속 대화를 나누며 놀란 마음을 내려놓게 했다. 마음의 위안이 되는지 이제는 괜찮다며 안정을 찾고 있었다. 힘든 일이 생기면 가족의 사랑으로 위로받고 싶어진다. 마음이 혼란스럽고 힘들 때면 가족의 위력을 느낄 수 있다.

우리나라 사람들이 겪는 최고의 고통이 자식 잃은 마음이라고 한다. 자식의 열렬한 사랑은 깊고 깊다. 그 마음 어떻게 다 헤아릴 수 있으랴. 같은 아들을 키우는 부모로서 병장 어머니 마음이 조금은 읽어진다. 자식 가진 부모이기 때문이다. 처지를 바꿔 생각하니 가슴이 메어 울컥했다. 눈물이 거침없이 흘러내려 손에 힘이 빠져 잠시 일을 멈췄다. 감정이입이 되어 집중할 수가 없었다. 멍하니 컴퓨터 화면만 쳐다봤다.

자식의 일은 본연의 나를 잃게 한다. 당면하지 않은 일에 대해 생각하니 현재를 주체할 수 없었다. 현재와 동떨어져 생각하는 마음은 내 마음이 아니었다. 흔들린 이성의 마음을 찾아야 했다. 남의 인생에서 내 인생을 짧은 순간 바라봤다. 건강한 삶과 소신을 다하고 있는 아들에게 감사한 마음이 들었다.

개똥밭에 굴러도 이승이 좋다는 말을 어른들은 자주 한다. 병장은 이승의 굴레를 벗어던질 정도의 아픔을 간직했던 모양이다. 어떤 삶이 병장의 마음을 힘들고 무겁게 했는지 모르겠지만, 저승으로 가는 길이 편안했으면 한다. 이승에서의 마지막 삼 일째 장지 가는 날 하늘도 젊은 청년이 가는 것이 마음 아픈지 종일 비가 내렸다.

저승은 또 다른 영혼 길.
걸어가는 걸음, 걸음 깃털처럼 가볍게
하얀 국화꽃 향기 가슴 품고
밝은 빛 따라 저 세상으로 가시길……

11월에 핀 서리꽃

삼베옷 곱게 차려입고
서리꽃 깨기 전 떠난 먼 길

미세하게 흩어지는 눈동자
살포시 내리는 힘없는 손

꽃봉오리 피기 전 어린 딸
지켜주지 못한 미안함

눈가에 흘러내리는 눈물은
마지막 온기의 아버지 선물

짧은 만남은 세월의 그리움

11월에 핀 서리꽃

아버지 사랑의 배고픔이다.

＿＿＿／

11월이 되면 그리움에 사무치는 달이다. 가을은 나에게 아버지 사랑에 목마르게 하고 외로움을 느끼게 한다. 아버지가 내 곁을 떠난 계절이기 때문이다.

사람 감정은 묘하다. 정신없이 바쁜 생활 전선에서 아버지를 생각할 시간조차 주어지지 않을 때가 많다. 가을이 되면 나도 모르게 아버지 그리움을 느끼게 한다. 무의식 속에 아버지 잔재가 남아 시간 흐름 속에서 생각을 일으키는 것 같다.

같은 유전자를 가졌던 핏줄의 당김은 일치하는 점으로 향하는 마음을 가지게 하는 것일까? 30년 넘는 세월 가을이면 아버지의 그리움으로 가득 찬다.

중2 때 아버지는 어린 나를 두고 떠났다. 아버지가 떠나기 전날 밤, 아버지 곁을 지키며 눈물로 밤을 지새웠다. 의식이 왔다 갔다 하는 아버지는 나의 우는 목소리를 느끼는지 가끔 반응을 보였다. 그 모습을 볼 때마다 내 곁으로 돌아오라는 무언의 메시지를 보냈다. 온 힘을 다해 노력했을 아버지. 하늘도 무심하게 인사도 없이 이른 새벽 서리꽃이 지기 전 홀연히 데리고 떠났다. 아버지 마지막 몸짓이었다. 따스함으로 채워져 있던 손의 부드러움은 나의 심장에 그리움으로 박혀 있다.

아버지는 아들 세 명을 낳고, 딸을 낳고 싶어 했다고 한다. 한약까지 드시며 나를 낳았다고 엄마는 말했다. 막내 오빠와 나는 7살 차이가 난다. 아버지는 딸을 낳았다며 동네 사람들한테 술을 크게 한턱냈다고 했다. 그런 나를 두고 먼 길 떠나는 발걸음이 얼마나 무거우셨을까? 부모가 되어보니 아버지의 마음을 이해할 수 있을 것 같다.

15년 세월 동안 아버지 화난 얼굴을 보지 못했던 것 같다. 먼 도시로 나갈 때는 항상 나를 데리고 다니며 이야기해 주었다. 나에게만큼은 아버지는 조건 없는 수호천사였다. 그런 아버지에게 가장 가슴 아프게 한 사건이 있었다.

아버지는 간이 안 좋아 복수에 물이 차 어떤 일도 할 수 없었다. 기력이 없어 움직이는 것조차 힘들어했기 때문이다. 논과 밭은 많았고, 집안의 곳곳에 가축을 길렀다. 엄마는 아버지가 해야 하는 일까지 도맡아 했다. 집안일엔 신경을 쓸 겨를이 없었다. 안팎살림을 살아야 하는 가장으로서 삶을 살게 되었다. 그때부터 엄마 일손을 돕기 위해 집안일과 아버지가 시키는 잔심부름을 했다. 친구들과 놀고 싶은 마음은 간절했지만, 주어진 환경에 어쩔 수 없이 순응해야 했다. 엄마는 어린 내가 어른의 몫을 해주시기를 원했다. 지금 생각하면 환경이 나를 빨리 철들게 한 것 같다. 어린 시절 학교 마치고 집에 돌아오면 반겨주는 아버지가 있다는 것이 든든하고 행복했다. 학교에서 돌아오면 항상 대청마루 가장자리에 앉아 따뜻한 햇볕을 쬐고 있었다. 늘 아버지의 자리였다.

그립고 보고 싶다. 그땐 보고 싶을 때 언제든 볼 수 있었는데…….

큰 외양간에는 소가 있고, 작은 외양간에는 염소들이 있었다. 학교에서 돌아오면 별일 없었는지 외양간을 돌아보아야 하는 것이 첫 번째 일이었다. 나를 보자마자 소는 '음~매음~메', 염소들은 '메~에메~에' 소리를 내며 '밥 달라'고 아우성이다. 개는 반갑다며 꼬리를 흔들고 닭들은 닭장에서 여기저기 '푸다닥' 거리며 날뛰기 시작했다. 나는 어미의 마음처럼 가축을 챙겨야 했다.

어느 날, 소들이 먹는 풀이 다 떨어졌다. 아버지는 들에 나가서 풀을 베어와 항상 산더미처럼 쌓아놓고 소에게 주었다. 소들 먹이가 떨어져 가고 있다는 것을 아버지도 알고 있었을 것이다. 보고만 있어야 하는 아버지는 가슴이 타들어 갔을 것 같다. 소들 먹이를 챙겨야 한다는 보호 본능이 들었다. 가르쳐 주지도 않았는데 본능적으로 해야 한다는 생각을 했다. 그리고 아버지에게 잘할 수 있다는 모습을 보여드리고 싶은 마음도 있었다. 아버지가 쉬고 있을 때 조용히 나왔다.

남자 형제들 틈에서 자란 나는 다소곳한 여성적인 면보다 남성적인 성격을 가진 선머슴 기질이 강했다. 오줌도 남자들과 같이 서서 눠봤다. 흘러내린 오줌이 옷을 다 젖고 난 후, 나는 안 된다는 것을 알았다. 무서움보다 호기심과 모험심이 강했다. 부딪치는 삶을 두려워하지 않았다.

아버지가 메고 다녔던 망태를 찾아 그 안에 낫을 넣고 조용히 들녘으로 나갔다. 평상시 아버지 모습을 기억하고 그대로 행동했다. 한 번도 사용해보지 않은 낫질은 힘들고 서툴렀다. 옆에서 볼 때는 아버지 낫질 솜씨는 너무 쉬워 보였고, 할 수 있을 것 같은 생각에 도전했지만 쉬운 일이 아니었다. 들풀을 잡는 것부터 내 손에 들어오지 않았다. 낫은 무섭고 무거웠다. 손가락이 아팠지만, 서툰 솜씨로 계속 시도했다. 요령이 조금씩 생겼다. 마음은 이미 가득 쌓은 망태를 메고 있었다. 빨리 집으로 돌아가고 싶은 마음이었지만, 망태 안에는 여전히 풀이 바닥을 벗어나지 못했다.

논 언덕에 수북하게 자라 있는 곳이 눈에 들어왔다. 해가 지기 전에 빨리 집으로 가야 했다. 안절부절하며 걱정하고 있을 아버지를 생각하니 마음이 급했다. 들풀이 조금 채워질 때쯤, 풀이 덮고 있는 벌집을 보지 못하고 건드리고 말았다. '아뿔싸' 도망갈 겨를도 없이 화가 난 벌이 공격했다. 아픔보다 놀란 마음에 어떻게 해야 할지 몰라 손으로 '휘저어' 벌을 쫓았다. 더 많은 벌이 집중적으로 공격하기 시작했다. 무서운 마음에 망태와 낫을 그 자리에 내팽개치고 울면서 집으로 불이 나게 뛰어갔다. 뛰어 들어오는 소리에 아버지는 놀라 방문을 열며 "무슨 일이고?" 하며 나왔다.

아무 말도 못 하고 울고만 서 있는 나를 보고 아버지는 빗자루로 따라 날아온 벌을 쫓았다. 아버지는 내가 처한 위험을 알고 앙상한 몸을 일으켜 이것저것 생각할 겨를 없이 방에서 뛰쳐나온 것이다. 그 자리에 앉아 꼼짝하지 않았다. 벌이 도망가고 난 뒤, 아버지는 놀란 마음을 내려놓으며 깊은 한숨으로 힘없이 했다.

마음이 안정되면서 통증이 밀려오기 시작했다. 몸에서 열이 났고 머리, 얼굴, 팔, 다리에 커다란 혹들이 생겨 내 모습은 점점 이상하게 변했다. 아버지는 나의 몸을 살피며 남아 있는 벌침을 떼었다. 누워 있는 나를 보며 안쓰러운 마음으로 바라보았다. 떨리는 손으로 약통에 연고를 꺼내 부어오른 곳을 바르며 아무 말 하지 않고 긴 한숨만 쉬고 있었다.

시간이 흐르고 진정이 됐을 때 어떻게 된 일이냐고 물었다. 있었던 일을 이야기하고 있는 도중 아버지는 주머니에 숨겨 두었던 담배를 꺼내 아버지 자리에 가서 앉았다. 아버지에게 담배는 독약과 같은 것이었다. 엄마가 알면 날벼락 칠 일이었다. 깊은 기침을 연속으로 하고 있었다. 대청마루에 앉아 담배를 피우며 먼 바다를 한참 동안 바라보고 있었다. 잘해 보려고 했던 행동은 아버지의 마음을 아프게 했다.

아버지는 가장으로서 가정을 책임지지 못한 것에 대한 미안함과 자신의 무능력함에 대한 소리 없는 아우성이었다. '끙끙' 앓고 있는 내 모습을 지켜보고 있는 아버지에게는 가슴 아픔이었다.

해를 등지고 돌아온 엄마에게 빨리 집에 안 왔다고 역정을 냈다. 이해할 수 없다는 듯, 나를 본 엄마는 깜짝 놀라 꼼꼼하게 제대로 안 했다며 소리를 쳤다. 이해하고 안아주기보다는 지금 현실에 처한 상황이 엄마에게는 여유 없는 힘듦이었다. 옆에 앉아 있는 아버지는 그만하라는 말투로 엄마에게 원망의 화살을 돌렸다. 아무것도 할 수 없는 지금 삶에 대한 미안함이었다.

나를 지켜주며 사랑해 준 수호천사는 영원히 내 곁에 올 수 없다. 연고를 발라주었던 온기 있는 손길은 나의 심장에 그리움으로 남아 영원히 함께하고 있다.

아버지와 나의 짧은 만남은 내가 살아가는 동안 존재의 의미를 알아가게 한다. 나약함에서 오는 두려움을 극복하게 하는 영원한 수호천사는 저녁에 반짝이는 별이다.

가을에 부는 바람은 아버지 부드러운 손길이다.

가을 향기는 아버지 내음이다.

따스한 가을 햇살은 아버지 사랑이다.

바스락거리며 밟는 낙엽 소리는 아버지 그리움이다.

11월에 핀 서리꽃은 아버지 사랑의 배고픔이다.

시절에 핀 꽃

빛바랜 시간의 한 정지점
아픈 눈물 가슴 약속하고

백년 벚꽃 피고 지고
흩어진 꽃잎들 만남

인연을 품은 바람 되어
시절 꽃 피우고

떨어지는 낡은 하늘 동아줄
흐르는 강물에 마음 띄운다.

8월 휴가를 보내기 위해 필리핀에서 캠프를 운영하는 친한 동생 명숙이한테 가기로 했다.

드디어 출국 전날 밤 흥분된 마음과 콧노래를 흥얼거리며 가방에 짐을 챙겼다. 여행은 떠나기 전날 밤 짐을 챙길 때 가장 묘미가 있다. 기다림과 설렘을 가지게 하고 일상에서 벗어난다는 흥분을 준다. 남편은 "집 떠나는 게 좋은가 보네." 하며 웃었다. 너무 티를 낸 것이 미안했지만, 자연스러운 몸의 반응은 마음을 숨길 수가 없었다. 영원히 떠나는 것이 아니다. 잠시 혼자만의 시간을 가진다는 것은 더 나은 삶을 위한 충전 시간이다. 살아가면서 힘이 되는 추억을 담으러 떠난다. 비워내면 낼수록 마음 공간이 넓어 행복도가 오랫동안 지속이 되었다. 익숙한 곳에서 벗어나 새로운 곳을 경험하러 떠난다는 자체만으로도 흥분되게 만드는 일이다. 혼자 집중하는 여행은 즐거운 영혼의 소풍 길이다.

출국 전날 밤에 명숙은 확인 전화를 했다.

"언니! 출국 준비는 다 되었어요? 부산에서 학생 어머니와 같이 들어오셔야 해요. 갑자기 결정되어서 미리 말 못 했어요. 연락처 문자 보내놓았으니 확인해보시고 같이 오시면 됩니다. 그리고 도착 시간에 맞춰 공항에 픽업 갈게요. 출발 전 문자 주세요."

"응. 알았어."

같이 가야 하는 사람이 있어도 좋았다. 일상에서 탈출한다는 마음은 모든 것이 관대했다. 만나서 자세한 이야기를 듣기로 했다. 밤 8시 35분 마닐라행 비행기였다. 조금 일찍 김해 공항에 도착하여 동생이 보내준 전화번호로 전화를 했다.

"안녕하세요? 오늘 같이 출국하기로 한 사람입니다."

"아. 네에. 안녕하세요? 지금 택시 타고 가고 있습니다. 퇴근 시간이어서 차가 조금 밀립니다. 조금만 기다려 주세요."

학생 어머니 목소리는 차분하고 안정된 목소리였다. 느낌이 좋았다.

"네에. 조심히 오세요."

한참을 서성이며 두리번거렸다. 혹시나 저 분인가? 하는 기대감에 빨리 만나보고 싶었다. 우리는 만나야 할 인연이었는지 눈이 마주치는 순간 '아! 저 분이겠구나'하는 생각이 들었다. 정민이 어머니도 그런 생각이 문득 들었다고 했다.

"안녕하세요? 정민이 엄마 남미영입니다."

먼저 인사를 했다. 본 적도, 들은 적도 없는 우리는 오래전부터 알고 지내 온 사이처럼 거리감 없이 이야기를 나누고 있었다. 꾸밈없이, 숨김없이 솔직하게 이야기를 하고 있다는 것을 우리는 서로 느꼈다. 대화의 깊이는 남들에게 쉽게 말하지 못하는 부분까지 힘들지 않게 나왔다. 편안하고 유연하게 흐름이 좋았다.

우리는 정서적인 면, 공감하는 능력, 추구하고자 하는 일이 놀라울 정도로 많이 닮았다는 생각을 하게 했다. 영어 공부, 대학원, 글쓰기까지 공감할 수 있는 일이 한두 가지가 아니었다. 고충과 보람된 일에서 즐거움을 같이 나누는 마음은 말문이 저절로 터이게 했다.

"우리가 이렇게 만나려고 그랬나 봅니다."

정민이 어머니는 말했다.

우리는 만나서 비행기를 타고 내릴 때까지 대략 6시간을 이야기했다. 힘들거나, 피곤하지도 않고 오히려 의식이 깨어나는 느낌이었다. 연인 같은 편안함은 나의 모든 것을 보여주고 싶었다. 정민이 어머니 역시 본인의 아픔을 나에게 이야기했다. 아픔을 감싸주고 안아주는 여유에서 우리는 배려했다. 대화 코드가 삐걱거리지 않았다.

우리 인연은 어디서부터 시작이 되었는지 모르겠지만 만나야 할 운명 같은 사람이었다. 이야기 샘은 마르지 않았다. 배꼽

시계를 잊을 정도로 시간은 이야기 공간에 머물러 있었다. 잠을 몰아낼 정도로 서로 살아온 삶의 이야기 조각을 맞추며 응원해 주었다.

필리핀에서 머문 4박 6일은 헤어지는 아쉬움이 싫을 정도로 달콤하고 따뜻했다. 나와 생각이 맞는 사람은 지치게 하지 않는 다는 것을 알았다. 오히려 삶을 사랑하게 하는 희망과 용기를 주는 것 같았다.

법정 스님은 "만남이란, 자기 분신을 만나는 것이다. 마음과 마음이 접촉될 때 하나의 만남이 이루어진다. 그 이전에 만날 수 있는 씨앗이나 요인은 다 갖추어져 있지만, 시절이 맞지 않으면 만나지 못한다."라고 말했다. 우리는 시절의 인연이 왔기 때문에 만날 수 있었다.

우리는 시간을 서로에게 내어주었기 때문에 집중하며 소통할 수 있었다. 그것은 정민이 어머니와 내가 열린 마음으로 맞이 했기 때문이다. 비슷한 생각으로 살아온 우리는 살아가는 삶도, 마음도 닮아 있었다.

필리핀에서 낯선 환경의 불편함은 전혀 문제가 되지 않았다. 마음이 즐겁고 행복하니 같이 하는 모든 것이 추억되어 지고 있

누군가 그리운 날에는

었다. 마음 한쪽에 머무는 인연의 사랑을 고스란히 담았다.

저녁이 되면 리조트에 있는 수영장에서 물놀이를 즐겼다. 나이의 개념을 무너뜨리고 나와 정민이 어머니 그리고 아이들은 마음 친구였다. 지금 이 순간을 즐기고 있는 웃음소리만 조용한 밤을 깨우고 있었다. 행복은 긴장된 마음 없이 남의 시선을 의식하고 본능에서 나오는 그대로를 즐길 때였다.

불꽃 튀긴 만남은 우연이 아니라 필연이었다. 끌림이 생긴다는 것은 만나야 할 이유가 분명 있다는 것이다. 만남이란 어떤 환경이나 조건이 일치할 때 다가오는 것 같다. 우리는 과거에 만난 적이 있었을 것이다. 연인이었을까? 아니면 부모, 자식, 자매 관계였을까? 천년 백년 세월 지나 우리는 이 현세에 만나야만 될 인연이었다.

짧은 만남은 에스프레소 같은 짙은 향과 부드러운 강한 여운을 남겼다.

나에게 바람처럼 다가와 준 그대

'남미영' 씨

시누이와 올케 사이

너와 나

법의 울타리

한 몸 되어

시월드 되는 날

다솜 살결 얼굴

해맑 해맑 웃음꽃

탁한 물 들지 않은

영혼의 청결 품고

굽이진 길 어둠의 갈등

인생길 찾아 십만리

여여 동자 새로운 삶

단단한 마음 뿌리내려

너의 시월드

누군가 그리운 날에는

나의 시월드

공감 세상 뜨거운 선

비워내는 공간

시 월드 뛰어 넘은

피보다 진한 마음 친구

너와 나

시누이와 올케 사이

남편 사촌 여동생한테서 전화가 왔다. 울산에 일이 있다며 잠시 우리 집으로 가도 되냐는 전화였다. 나에게는 사촌 시누이가 된다. 인천에 살고 있지만, 울산이 고향이다. 가끔 울산에 일이 있으면 집에 들러 식사를 같이하곤 했다.

"부담가지지 말고 와. 아가씨."

시누이는 좋아했다. 고향에 가면 누군가 나를 맞이해 주는 사람이 있다는 것은 뜻 깊은 일이다. 나에게 전화를 했다는 것은 편안함이다. 울산까지 와서 우리를 만나지 않고 간다면 굉장히

서운했을 마음. 시누와 올케 사이 법이 맺어준 관계지만 마음의 벽이 없는 자유를 가진다.

내가 결혼할 땐 중학생이었다. 사춘기가 정점을 찍는 시기였지만 항상 밝게 웃고 다니는 모습이 좋았다. 짜증을 내거나 예민하게 반응하는 경우를 보지 못했다. '언니!' 하며 잘 따르는 시누이는 귀엽고 관대한 마음을 가지게 하는 여동생 같았다.

아들이 태어나면서 친조카들보다 예뻐하고 잘 놀아 주었다. 일이 있어 가끔 아들을 돌봐줄 때는 안심하고 맡길 수 있었다. 시누이의 도움은 목마른 갈증을 해결해주는 오아시스 같은 역할이었다. 심신이 지칠 대로 지친 나에게 힘을 보충하게 해주었다. 아기를 키워 본 엄마들, 아기를 키우고 있는 엄마들은 그 시간이 꿀맛 같다는 것을 알 것이다. 옆에 믿고 맡길 수 있는 사람이 있다는 것이 얼마나 의지 되고 감사한 일인지 모른다.

먼 거리에서 가깝게 좁혀지는 사이가 될쯤 고등학교를 졸업하고 대학교를 인천으로 갔다. 떠난다고 하니 마음 한쪽이 허전했다. 시간은 몸이 멀어지는 거리만큼 마음의 거리도 멀어지게 했다. 흐르는 공간의 시간 사이를 서로의 삶으로 채웠다. 육아에 집중된 삶은 주위를 챙길 수 있는 여유가 없었다. 시간으로 먹고 자란 아이들은 어느새 내 손이 필요 없을 정도로 훌쩍 컸다. 시간으로 보상을 받은 것이다.

어느 날, 시어머니는 작은 숙모한테서 전화가 왔다고 했다. 인천에서 시누이와 같이 살고 있었다. 오랜 시간 보지 못한 마음은 바람도 쐴 겸 놀러 오라고 했다. 어떻게 살고 있는지 궁금했다. 시누이는 대학교를 졸업하고 한참 후에도 취직 소식이 들리지 않았다. 공무원 공부를 하고 있다고 했다.

어머니와 나는 밤늦은 심야 고속버스에 몸을 실고 인천으로 갔다. 새벽녘에 도착한 터미널에서 알려준 주소로 택시를 타고 갔다. 낡고 오래된 주택 집은 조그마한 거실과 방 두칸으로 되어 있었다.

추운 겨울에 방문한 숙모 댁은 거실에는 난방이 되지 않았다. 차가운 냉기가 흐르는 거실에는 화려한 꽃장식과 자그마한 부처님 형상이 있었다. 춥고 어리둥절한 마음은 머릿속이 온통 뒤죽박죽 복잡했다. '바들바들' 떨고 있는 나를 보고 따뜻한 방으로 들어가자고 했다.

방안 따뜻한 공기가 떨린 몸을 녹이고 어머니와 숙모의 이야기가 귀에 들려오기 시작했다. 도란도란 앉아 숙모는 그동안 살아온 이야기를 했다. 여자의 몸으로 혼자 벌어 자식을 키우고,

먹고 사는 것은 전쟁 같은 삶이었다고 했다. 연락을 자주 못 해 미안하다고 어머니께 말했다. 열심히 살았지만 넉넉하지 않은 생활에서 오는 피로감은 삶을 지치게 하고 건강까지 좋지 않다고 했다. 우리가 만났을 때는 밝고 건강해 보였다. 전혀 불편해 보이지 않는 모습이었다.

숙모는 밤마다 울어야 할 정도로 통증을 느꼈다고 했다.

"형님! 갑자기 몸을 움직일 수가 없었어요. 바로 앞에 있는 화장실을 기어서 다닐 정도로 몸이 말을 안 들어서 병원 몇 군데를 다녀도 원인을 모르겠다고 하니 사람 환장 하는 줄 알았싶니더. 그때는 딱! 죽고 싶은 심정이었습니다."

하며 말했다.

우리를 만났을 때는 믿기지 않을 정도로 건강해 보였다.

"병원에서는 원인을 알 수 없다고만 하니 근심 걱정만 늘고, 묵고는 살아야 되고 미칠 정도로 피를 말렸어요. 심장이 더 상하는 것은 쟈가(시누이를 보며) 공무원 시험에 합격하고도 자꾸 면접에서 두 번이나 떨어졌어요. 면접에서 떨어지는 경우는 잘 없다고 하는데 그런데도 떨어져서 답답한 마음에 여기저기 알아보고 용하다고 하는 철학관하고 무당집을 찾아갔어요. 가는 곳마다 '신병'이라고 하대요."

한숨을 내쉬었다.

지칠 대로 지친 몸과 마음은 지푸라기라도 잡는 심정으로 무당을 믿고 '굿'을 했다고 했다. '언제 아팠나.' 할 정도로 신기하게 몸이 좋아졌다고 한다. 임시방편으로 처방은 했지만, 자주 안 좋은 일이 생기고 몸이 아플 것이라는 말을 들으니 마음의 갈등이 되어 일이 손에 잡히지 않았다고 했다. 많은 생각과 고민 끝에 내린 결정은 시누이가 무당이 되는 것이었다. 거실에 차려져 있는 신당은 그렇게 해서 만들어진 것이라고 했다. 지금은 배우고 공부하며 기도를 하는 시기라 한다. 신내림을 받는 과정의 고통은 실이 찢어지는 쓰라린 고통을 몇 번을 거쳐야 한다고 했다. 엄동설한에 설악산 계곡에 살얼음이 둥둥 떠다니는 차가운 물에 속치마하나 걸치고 들어갔다고 한다. 차마 눈뜨고 볼 수 없는 광경이 있었다며 눈물을 훔쳤다. 힘든 과정을 이겨내야 길을 제대로 갈 수 있다며 말했다. 몇 번의 과정을 걸쳤다.

우리 집안에 어쩌다 이런 일이 생겼을까? 하는 마음은 찹찹했다. 모르는 사람들처럼 평생을 그렇게 살았으면 좋겠다는 생각이 들었다. 인천 나들이는 충격이자, 내 몸 구석구석이 혼란스러웠다.

시어머니와 내려오는 길은 침묵만이 우리를 지키고 있었다.

힘없이 목적지 없는 길을 넋 놓고 걸어갔다. 스쳐지나가는 바깥 풍경만 눈으로 보고 있을 뿐이었다. 어릴 적 시누이를 생각하면 마음이 아프고 먹먹했다. 당분간은 가까이하고 싶지 않은 생각이 들었다. 혹시나 나쁜 기운이 우리 가족에게 방해가 되지 않을까? 하는 두려움 때문이었다. 주위를 둘러보면 무당의 삶은 녹녹하지 않는 것 같았다. 집안이나 가족이 흥하지 않고 늘 힘든 생활고에 허덕이는 모습을 보았다. 당분간 마음에서 숙모와 시누이를 잊기로 했다.

세월이 흘러 7년이라는 시간을 보냈다. 시어머니가 숙모 댁 소식을 전해 왔다. 시누이가 결혼한다는 소식이었다. 이해가 되지 않는 일이다. '아가씨도 결혼할 수 있구나!' 하는 생각이 들었다.

숙모는 나이가 들어가는 딸을 지켜보고 있으려니 마음이 아려 견딜 수가 없었다고 말했다. 시누이는 맏이로서 엄마의 짐을 덜어주기 위해 결혼을 선택했다. 착한 심성은 변함이 없었다. 주위 사람들 소개로 만난 남성은 시누이 일을 받아들이고 이해하는 사람이었다. 시누이 남편 되는 분은 선하고 포근하게 생긴 인상이었다. 선남선녀가 따로 없었다. 나이 차이가 있지만 그렇

누군가 그리운 날에는

게 보이지 않았다. 한결 가벼워 보이는 숙모는 젊어 보이고 활기차 보였다. 그날 새색시는 두 사람이었다.

숙모와 시누이…….

시누이가 결혼하고부터는 예전 우리 사이로 돌아왔다. 공감할 수 있는 이야깃거리가 생겼기 때문이다. 시댁이라는 새로운 가족 이야기는 많은 소통과 공감을 나누게 했다. 결혼이라는 도구를 통해 생각의 폭도 넓어지고 타인의 마음을 이해하는 관대함이 더 생겼다. 오랫동안 사람을 대면하는 일에서 알게 된 공통된 이야기는 내 마음을 누구보다 공감한다. 시누이는 남들이 쉽게 덤비지 못하는 일과 결혼을 통해 세상과 소통하는 법을 알아 가고 있는 것 같았다.

가슴에 언친 이야기는 쌓여서 내려가지 않고 트림하게 한다. 소화를 시키지 못하고 있다는 증상이다. 답답하고 무겁다. 처방을 받을 시간이 되었다는 생각이 들면 전화기를 붙잡고 끝이 없는 이야기로 속 시원하게 비워내게 한다. 가스 활명수를 마신 것처럼 비로소 내려가는 가벼움을 준다. 무엇보다 사촌 오빠이자, 남편의 이야기는 특효약이다.

소통과 공감은 보이지 않는 마음의 병을 치유하는 약이다. 약 처방을 잘 내려주는 시누이는 나에게 자신의 시간을 내준다. 내 감정과 생각을 읽고 이해하면서 경청하기 때문에 소화제 역할을 해 주는 것이다. 소통과 공감에서 가장 중요한 것은 경청이다. 내 이야기에 집중해 준다.

영국의 철학자이자 작가로 유명한 로먼 크르즈나릭은 다음과 같이 말했다.

"공감이란 상상력을 발휘해 다른 사람의 시각에서 세상을 바로 보는 것으로, 타인의 삶을 이해하는 가장 강력한 도구이자 좋은 인간관계를 맺기 위해 갖춰야 할 능력이다."

우리는 법이 이어준 둘도 없는 인생 소통, 공감 친구다.

커피가 좋다

_ 이윤희

커피 향기

마음 실핏줄 타고

오감으로 퍼지는 여유

산다는 건 커피와 같은 것일까?

녹녹하지 않은 생각에서

지친 발끝까지

짜릿하게 퍼지는 커피 향

종종 치는 아낙네의 수다에도

비개인 오후의 창밖 풍경에도

커피는 함께 있다.

커피를 마시면

마음의 실핏줄 가득

여유로 설렌다.

오래전 필리핀에서 어학원 생활을 했었다. 필리핀은 네트워크 환경이 열악해 자주 끊기고 연결이 안 되는 경우가 많다. 휴대폰을 보는 일도 소지할 이유도 점점 없어지는 곳이다. 애인처럼 나에게 붙어 있던 휴대폰은 내 손을 떠나 서랍장 안에 머무는 시간이 많았다. 처음에는 허전했지만, 시간이 지나면서 어색함이 익숙해졌다. 정보화 시대에 실시간으로 소식을 주고받지 않아도 세상 돌아가는 일들이 크게 내 삶에 영향을 주지 않는다는 것을 느꼈다.

한국에 돌아온 순간부터 휴대폰은 다시 떠나지 않는 애인이 되었다. 휴대폰의 얽매임에서 벗어난 마음 자유를 누릴 수 없는 현실은 애인을 멀리 보낼 수도, 끊어 버릴 수도 없었다. 그래서 SNS를 최대한 자제하려고 했다. 얽히고 설킨 복잡한 관계에서 벗어나 나의 동굴에서 안식을 취하고 싶었다. 폭넓은 인간관계는 살아가면서 많은 도움을 주기도 한다. 하지만, 불친절과 피로함이 심장을 할퀴고 찌들게 하는 경우가 많이 있다. 타인으로 인해 스스로를 힘들게 만들 필요가 없다는 생각이었다.

어느덧 몇 년이 흘러 마음의 방황에서 벗어나 사람이 있는 광장으로 나가고 싶어졌다. 세상과 맞설 용기에서 나를 지킬 수 있는 당당함이 자리를 잡았다. 조금씩 세상과 소통하고 싶은 마음이 열렸다. 스스로 만든 외로움에서 사람의 향기와 사랑이 그리워졌다. '나! 잘 지내고 있어요.' 소식을 전하고 싶었다. 성숙한 여인의 향기에서 여유를 풍기고 윤기 나는 밝은 내 모습을 보여주며 외로움에서 삶의 갈증을 해소하고 싶었다. SNS에 사진을 올리자 지인들이 반갑다는 인사로 맞이해주었다. 나를 잊지 않고 연락해 주는 사람들의 따스함에서 안식을 찾고 행복을 느꼈다. 틈을 두고 소식을 전할 때 기쁨의 가치에서 더 소중하고 감사한 마음이 높아지는 것 같다. 사람은 사람의 기운으로 살아가는 힘을 얻는 듯하다. 마음의 문을 활짝 열고 자세히 보면 타인의 삶이나 내 삶이 특별한 것이 없다는 생각을 했다.

이른 아침 전화번호가 미등록된 카카오톡 메시지가 들어와 있었다.

"잘 지내니 칭구야? 여전히 이쁘네."

(머리를 갸웃거리며) 묘한 기분에서 궁금증을 폭발시켰다.

"누굴까?"

"옥동 사는 지지배."

친구는 답을 보내왔다.

옥동에 사는 친구들 얼굴을 떠올리고 있는 순간 친구가 전화를 했다. 목소리를 듣는 순간

"어! 인자다."

기다린 님을 만난 것처럼 밝은 목소리로 인사했다.

(하하하) "잘 살았나? 친구야. 그래 내다."

친구는 맞다는 응답으로 크게 웃으며 말했다.

"우와! 진짜 인자 맞나? 반갑다. 친구야! 이게 얼마 만이고?"

잃어버린 퍼즐을 찾은 마음 같았다.

"한 17년 넘었겠다. 마지막으로 너를 본지."

"와! 벌써 그렇게 됐나? 세월 빠르다. 목소리 들으니 반갑다. 어떻게 나에게 연락을 했니?"

"우연히 차단되어있는 친구 관리에 들어가니 너의 사진이 올라와 있더라. 반가워서 혹시나 너 맞는지 문자를 보내봤다. 항상 너 생각을 많이 했지. 근데 어제 저녁에 사진이 올라와 있어서 깜짝 놀랐네. 너무 반가워서 사진을 한참동안 봤다. 보고 싶

다. 친구야!"

오랜 시간이 흘렀어도 마음은 멀리 있지 않았다. 어제도 만났던 것처럼 거리감이 없었다.

인자는 초등학교, 중학교 다닐 때 둘도 없는 친구였다. 서로의 집을 오가며 부모님이 챙겨 줄 정도로 친했었다. 학교 다닐 때 추억거리를 많이 만든 친구다. 인자가 멀리 타 지역으로 고등학교를 진학하면서 우리는 소원해졌다.

결혼 후, 인자는 마산에 살고 나는 울산에 살았다. 남편과 어린 자식을 돌봐야 하는 생활 속에서 우리는 몇 번의 만남으로 보고 싶은 허기만 달래고 자동적으로 소식이 끊어졌다. 추억속의 친구 자리를 지키고 있을 뿐이었다. 그렇게 17년이라는 세월이 흘렀다. 사진 한 장으로 멈춰있던 인연의 연결고리가 이어졌다. 오랫동안 연락이 없었는데도 불구하고 어릴 적 친구들은 이유 불문하고 아껴둔 마시멜로를 먹는 기분이다. 달콤함 그리고 입안에 사르르 녹아내리는 부드러움과 편안함이 좋다.

우리는 지금 당장 만날 수 없는 현실이 아쉬웠다. 전화기 랜선을 붙들고 아쉬운 마음을 무르익게 했다. 인자는 많은 생각을 한 듯 조심스럽게 말을 꺼냈다.

"우째 사노? 친구야! 내는 애들 아빠가 갑자기 심장마비로 세상을 떠나서 애들하고 살고 있어. 시간이 지나니 그렇게 아팠던 심장도 이제는 괜찮아지네. '하하하' 가진 물질도 사람도 다 잃고 포기하고 싶더만. 그때는 남편 없이 다시 시작하려니 진짜 앞이 하나도 안 보이더라. 세상과 맞서 싸우며 살아가야하는 것이 두렵고 무서웠어. 남편 그늘 밑이 무섭다는 것이 어떤 것인지 절실히 느꼈다. 한참 커가고 있는 자식들과 먹고 살아야 한다는 생각으로 용기를 내어 세상 밖으로 나오려 했지만, 힘없는 다리는 한 발자국도 떼지를 못하겠더라. 그 자리에 주저앉아 어두운 시간을 보내며 나를 돌아보는 시간을 가졌고 수차례 나를 담금질 작업을 했지. 마음이 안정되고 편안해지면서 다시 시작하고 싶은 마음이 생기더라구. 새끼들을 위해 새로운 각오로 살아야겠다는 생각으로 이름도 개명했다. '임채언'으로 불러줘 친구야! 지금은 잘 살고 있고, 내 마음도, 생각도 성숙해지고, 깊어지고 있다는 것을 느낀다. 자식을 위해, 나를 위해 살아갈 용기가 생긴 거겠지. 그리고 애들 아빠가 우리를 지켜보고 있다는 생각을 하면 힘이 되기도 해. 예전의 행복했던 내 마음을 찾아가고 있는 것 같다. 이제 아들은 무럭무럭 자라 큰아들은 군대 갔고, 둘째는 고3이 되었네. 시간이 흐르니 다 잘 커 주네."

친구는 아픔을 깨끗이 씻어낸 마음과 목소리였다.

"채언아! 수고했다. 장하다 내 친구. 살아줘서 고맙다."

진심으로 친구가 존경스러웠다.

우리는 중년의 나이가 되었다. 친구의 목소리에서 살아온 삶이 묻어 있었다. 철없던 인자의 목소리가 아니다. 삶을 삼킨 강한 어투의 말에 힘이 느껴졌다. 초월한 삶의 깊이에서 나오는 이야기는 나를 빠져들게 했다. 그녀는 삶을 낱낱이 조각내어 나에게 말했다. 아려오는 가슴은 친구가 아팠던 마음이 전해진 듯 이야기를 듣는 동안 눈물샘을 제어할 수 없었다. 빛 한 줄기 들어오지 않은 캄캄한 밀실에 앉아 불안을 떨쳐내기 위해 노력한 친구의 삶을 감히 내가 무슨 말을 할 수 있겠는가? 순식간에 한 여자의 일생을 마셔 버렸다. 내 몸 곳곳에 그녀의 삶이 퍼지고 있었다. 근접할 수 없는 존경과 위대함이 느껴졌다.

우리는 누구나가 사랑하는 사람의 죽음을 맞이해야 한다. 실제로 맞이하게 된다면 받아들이는 것은 쉽지 않다. 하늘이 무너져 내리는 마음일 것이다. 사랑을 떠나보내야 하는 아픈 마음을 주사 한 대 맞고 약 몇 알 먹으면 금방 낫을 수 있는 것은 아니다. 같이 살아 온 세월만큼 어쩌면 그녀는 그리워하며 스스로 달래는 처방을 하며 시간을 보내야 할지 모른다. 그러나 사랑하는 사람의 유전자가 그녀 곁을 지키고 있다. 그녀의 삶을 채찍질 하며 깨우치게 할 것이다. 존재만으로 살아갈 이유가 있다.

그녀는 나에게 물뿌리개로 정신을 샤워하게 했다. 투정부린 내 자신이 한없이 작아졌다. 내 밀실에서 나만 바라보며 지낸 시간이 부끄러웠다.

나는 알았다. 이 순간마저도 나에겐 행복이라는 것을.

상처를 외면하지 않고 당당하게 맞이하며 살아가고 있는 그녀의 마음 자세에 박수를 보낸다. 나를 성장시키는 그녀는 영원히 같이 걸어가고 싶은 내 친구 '임인자'이다.

3장

삶의 무게에
지친 날에는

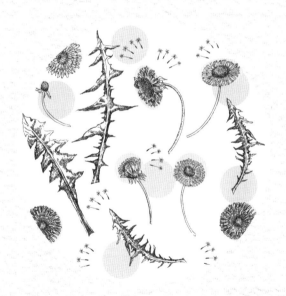

무장산 억새의 속삭임

무장산 정상 억새는

가을바람을 혼자 부르지 않는다.

굽이진 산봉우리에 물들고 있는

단풍잎과 함께 가을을 노래한다.

혼자보다 같이 하는 행복이

더 크다는 것을 안다.

억새 군락지 옆 가로수길

단풍과 계곡에 흐르는 물소리는

두 손 불끈 쥔 주먹을 펼쳐

청명한 하늘을 보라 한다.

가을바람 타고 넘실거리는

거대한 억새 파도는

가을은 눈으로 보는 것이 아니라

마음으로 느끼는 것이라 한다.

경주 '무장산'으로 가을 나들이를 떠났다. 10년 전 아이들이 어릴 적 함께 등반했던 유일한 산이다. 그때 보았던 무장산 억새꽃이 내 가슴에 꽂혔다. 생각이 났다는 것은 좋은 기억으로 남겨져 있다는 것이다. 옛 기억들을 추억하며 발자취를 밟고 싶었다.

경주에 도착한 주말 아침거리는 한산하고 여유가 있어 보였다. 신라 문화재를 고스란히 품고 있는 경주는 신라의 기품이 느껴진다. 알록달록하게 물들고 있는 단풍이 도시를 아름답게 했다. 높은 건물과 공장이 없는 지역으로 분위기는 조용하고 편안하다.

무장산은 〈선덕여왕〉 드라마 촬영지로 알려지면서 사람의 관심을 받기 시작했다. 가을이면 많은 인파로 산이 몸살을 앓고 있다고 한다. 하지만 지금 시기가 아니면 억새의 아름다움을 볼 수가 없다.

10년 전 기억을 더듬어 찾아가야 하는 길은 아리송하게 헤매게 했다. 한참을 달리다 보니 우리는 다른 방향의 길로 가고 있었다.

친구는 "급할 것 없다. 천천히 갔다 오면 된다. 남는 게 시간이다." 하며 당황했던 마음을 내리라고 했다. 사실 급할 건 없었다. 오늘만큼은 무장산 억새에 파묻혀 가을 내음을 맡기 위해 시간을 내었다. 창밖 넘어 보이는 시골 분위기와 냄새는 고향에 온 느낌을 주었다. 목적지인 주차장까지 4km를 남겨 놓고 길가에 제복을 입은 사람들이 빨간 봉으로 멈추라는 신호를 보내왔다. 우리는 예상하지 못한 일에 어리둥절했다. 창문을 내려 물었다.

"수고 많습니다. 혹시 사고 났습니까?"

제복 입은 중년의 남자는 친절하게 설명해주었다.

"아닙니다. 여러분같이 아름다운 산을 구경하기 위해 오늘 차들이 많이 들어왔습니다. 지금 주차 관리 중입니다. 여기에 순서대로 차를 주차하시고, 전봇대에 붙어 있는 번호를 확인하십시오. 저쪽 비어 있는 공간에서 계시면 버스가 올 겁니다. 버스를 이용해 주시기 바랍니다. 내리실 때는 전봇대에 붙어 있는 번호를 말하면 내릴 수 있습니다."

우리는 생각하지 못한 상황에 긴장이 되었다. 도로에 차들이 많이 보이지 않아 여유 있게 왔다는 생각을 했었다. 우리보다 더 빨리 서둘러온 등산객이 많았다. 차를 주차하고 조금 있

삶의 무게에 지친 날에는

으니, 시내버스가 도착하였다. 온전히 등산객을 위한 버스였다. 시간이 정해져 있는 것도, 정차하는 곳이 있는 것도 아니었다. 보이지 않던 사람들은 버스를 보자 어디서 나타났는지 숨 막히도록 가득 실었다. 많은 사람들을 보니 유명 관광 명소라는 것을 실감하게 했다.

무장산 억새밭으로 향하는 들판은 어릴 적 아이들과 손잡고 거닐 던 생각을 떠올리게 했다. 황금색 벼가 고개를 숙이고 빨갛게 익어가는 감이 나무에 대롱대롱 매달려 있는 시골풍경이다. 예전이나, 지금이나 많이 변화된 모습은 없었다. 낡고 오랜 된 시간의 흔적이 느껴질 뿐이었다. 낯설지 않은 풍경이다.

무장산 정상으로 올라가는 길옆 계곡에는 맑은 물소리가 막힘없이 시원하게 흘렀다. 때 늦은 매미 소리는 소나무 사이에서 불어오는 바람과 함께 가을을 노래했다. 흥겹게 발걸음을 옮기게 했다.

우리는 천천히 올라가며 주위를 관찰했다. 벅찬 마음에서 나온 여유는 모든 것이 아름답고 신선하게 느껴졌다. 나는 자연인이었다. 가을을 마음에 담았다.

계곡 옆에는 단체로 나들이 온 관광객이 오순도순 모여 앉아 점심을 먹으며 시끌벅적하게 이야기를 나누고 있었다. 아낙네의 웃음소리는 우렁찼다. 마음속 묵은 찌꺼기를 날려 보내는 소리였다. 시간은 이른 점심시간이었다. 먹고 있는 모습을 보니 식욕이 '확' 당기는 충동을 일으켰다. 갑자기 배가 고파졌다. 우리는 내려와서 맛있는 음식을 실컷 먹자며 애써 참아야 했다. 물 한 병씩 들고 2시간 코스로 가뿐하게 산행을 하고 내려올 생각이었다. 서로 아름다운 풍경을 담아 가기 위해 사진을 찍었다. 친구는 남는 게 사진이라며 어색한 모델 자세를 취하게 했다. 결혼 야외 촬영 이후로 많이 찍어 본 것 같다.

점심때가 지나니 뱃속에선 아우성이 시작되었다. 물 하나로 배를 채우고 정상에 있는 억새를 생각하며 전진했다. 예전 기억으로는 2시간 정도 짧은 코스였다는 생각이 들었다. 그래서 간식 없이 물만 챙겨 간 것이 실수였다. 허기를 달래줄 간식거리를 챙기지 못한 마음은 아쉬움을 가지게 했다. 당 떨어진 몸을 이끌며 참고 가야 했다. 오늘의 실수를 거울삼아 다음 산행 때는 준비를 철저히 해야겠다는 생각이 들었다.

주차장에서 정상까지 6.5km 거리였다. 왕복 13~10km 거리…… 3시간에서 3시간 반이 걸리는 코스였다. 우리는 중간 정도 올라왔을 때 다시 돌아서 내려갈까? 하는 마음 갈등이 시

작되었다. 친구는 여기까지 온 거 보고 가야 한다며 전진하자고
했다. 조금만 더 가면 정상에 있는 억새 군락지를 볼 수 있다.
배고픔을 잊기 위해 재미있는 이야기로 허기를 달랬다. 뱃속은
정직했다. 계속되는 용트림은 친구 뱃속인지, 내 뱃속인지 구별
이 안 될 정도로 크게 들렸다. 반란을 일으키는 소리였다.

냉동실에 얼려 놓은 떡, 과자들이 불쑥불쑥 튀어나와 생각나
게 했다, 평상시엔 쳐다보지도, 먹지도 않았던 인스턴트 음식,
좋아하지 않는 과자들이 지금 눈앞에 없다는 것이 아쉬웠다. 하
찮게 생각했던 음식들이 귀하게 여겨졌다.

공복 시간이 길어지면서 배 속 위장도 적응하는지 잠잠해졌
다. 오히려 속을 비워낸 기회였다. 다리에 힘이 좀 풀렸지만, 마
음과 몸은 더 가벼워지는 것 같았다.

정상까지 1km를 앞두고 있을 무렵 비탈진 거대한 억새밭이
보이기 시작했다. 멀리 굽이진 산등성이 사이로 낙엽이 깊은 가
을을 물들게 하고 있었다. 배고픔은 지금 이 순간 중요하지 않
았다. 내 키보다 큰 억새 사이로 시원한 바람이 불어와 머리카
락을 흩날렸다. 바람을 타고 흔들리는 억새의 가을 노래 소리
는 두 팔을 벌려 창공을 바라보게 했다. '가을이여! 나에게로 와

라.' 손바닥에 부딪히는 억새의 인사는 힘들게 올라온 보상이었
다. 도중에 내려갔다면 못 느꼈을 풀내음. 거센 바람이 불어도
억새는 꺾이지 않았다. 가냘픈 줄기에 모든 것을 의지하고 바람
을 맞이한다. 억새는 속이 비어 연약해 보이지만, 세밀하게 단
단한 결을 가지고 있었다. '외유내강'의 모습이다.

정상에서 내려다본 억새밭은 거대한 금빛 호수에 잔잔한 물
결이 일었다. 한 마리 백조가 되어 춤을 추며 가을을 노래하고
싶었다. 나무 한 그루 설 자리를 내어주지 않은 억새들의 세상
밭. 갓 피어오른 어린 억새꽃이 반짝반짝 생기를 더했다. 한 번
도 거칠고 모진 비바람을 맞이해 본 경험이 없는 것처럼 당돌하
게, 부드럽게 춤을 춘다. 바싹하게 타들어 가는 늙은 억새는 윤
기 없고 거칠게 보였다. 억새들의 조화에서 삶이 엿보인다. 살
아있는 생명은 자연의 순리에 적응하며 탄생과 죽음을 맞이한
다. 억새 또한 자연의 일부로서 삶을 불태우고 있다. 무르익은
열매는 바람을 짊어지고 내년을 기약하듯 여행을 떠나고 있다.
눈을 감고 가을 향기를 맡으며 진정한 마음 자유를 가져본다.
억새는 속삭인다. 가을은 눈으로 보는 것이 아니라 마음으로
느끼는 것이라고……

삶의 무게에 지친 날에는

황혼 꽃의 아름다움

미소 담은 할매 얼굴

마음 굴에서

피어오른 은은한 빛

서산에 걸린 태양은

시간이 멈춘 듯 지지 않는

아름다운 황혼 꽃을 피웠다.

고아라. 고아라.

사람의 향기는

마음 정화에서

나오는 천연 내음이다.

향기로워라. 향기로워라.

마음 곡선의 자유는

세상의 아픔을

고요한 바람처럼 안았다.

친정엄마 병문안 가는 길에 백옥처럼 빛나는 할머니를 만났다. 먼 거리에서 걸어오는 모습은 후광이 눈부셨다. 고운 자태는 품위 있는 맑은 빛이다. 할머니는 84살이라고 했다. 친정엄마와 비슷한 나이였다. 백발에서 느껴지는 아름다운 얼굴은 인자하고 편안한 향기를 품고 있었다.

'영롱한 얼굴에서 빛과 향기가 나는 비결은 무엇일까?'

화장한 인위적인 아름다움보다 자연 그대로 피어오른 아름다움이 진정한 꽃의 향연이다. 최상의 아름다운 84살의 꽃이었다. 건강하게 보이는 모습에서 안정감을 주고 활력 있게 보였다.

삶에서 부딪치는 역경을 잘 승화해 낸 것처럼 할머니 웃는 얼굴 속에 여유가 있어 보였다. 천천히 조심스럽게 움직이는 모습은 급할 것 없는 잔잔한 마음을 보게 했다. 온실에서 곱게 핀 여린 모습처럼 보였지만, 실상은 세상 풍파와 모진 아픔을 이겨낸 야생화였다.

팔순 넘은 꽃의 향기와 아름다움을 고이 간직하고 있다는 것에 존경심을 보내고 싶었다. 많은 이야기를 나누지 못했다. 짧은 시간은 엄마 마음처럼 푸근함을 주었다. 바르고 고운 말씨와 차분한 손동작이 살아온 삶을 엿보게 했다.

'나도 저 나이가 되면 아름다움을 발산할 수 있는 여유를 가질 수 있을까?' 하는 생각이 들었다. 쉬워 보일 것 같은 삶은 결코, 만만하지 않다는 것을 안다.

우주의 마음 크기를 가졌기 때문에 세상 풍파를 온전히 담아냈을 것이다. 웃음과 여유에 지혜의 꽃이 보였다. 그것은 마음의 굴에서 나오는 꽃이다. 억지로 꾸미고 표현하고 싶다고 해서 나오는 것이 아니다. 마음 자세에서 나오는 지혜는 그냥 주어지지 않는다. 부단한 노력과 인내의 고통을 승화해야 필 수 있다.

사람들은 지혜를 달라고 빈다. 지혜는 빈다고 해서, 신에게 달라고 해서 주어지는 것이 아니다. 지혜를 가질 수 있는 단계가 있다. 계산되지 않는 마음 나눔과 생활 규범의 규칙을 잘 지키고, 참고 인내하며 용서하는 마음, 꾸준히 마음을 보며 정진하는 태도, 어지러운 마음을 내려놓고 중심을 잡고 흔들리지 않는 마음을 가졌을 때 지혜는 생긴다고 한다. 지혜는 최고의 자리에 있다.

요즘 엄마의 모습을 보면 할머니와 비교가 되었다. 살아온 삶이 다르고 생각과 가치관이 다르다. 얼굴에서 피어나는 꽃은 그냥 다름이다.

엄마는 약해져 가는 몸에서 정신의 나약함을 보이게 한다. 예전에는 잘 먹고, 날렵하고, 강했다. 올해 들어 부쩍 하루가 다르게 입맛이 없다며 먹고 잠드는 것을 힘들어한다. 다리에 힘이 없고 어지럽다며 우울해하고 짜증을 낸다. 상스러운 욕과 말을 가끔 하곤 한다. 절제가 무너지는 순간들을 본다. 가슴이 찢어진다. 이별의 시간이 다가오고 있다는 의미다.

"엄마! 뭐. 맛있는 것 사다 드릴까?"

"먹고 싶은 게 하나도 없다. 내가 와? 이리 변하는지 모르겠다."

엄마는 나이 들어간다는 것을 알면서도 예전 팔팔하고 힘이 세었던 시절 모습을 부여잡고 놓아주지 못하고 있다. 84살의 나이를 인정하고 싶지 않은 것이다. 그래서 더욱더 힘들어한다.

대학원 다닐 때 친하게 지낸 교수님 말씀이 생각이 났다.

"우리는 나이를 한 살 먹을수록 마음 크기를 1평씩 늘려나가야 합니다. 저는 61살이 됩니다. 1평을 늘려 61평의 마음 크기를 가져보려 합니다. 여러분도 그렇게 해 보세요."

나이가 들수록 1평씩 마음평수를 늘린다는 것은 생각만큼 쉽지 않다. 오히려 1평씩 줄어들지 않으면 정말 삶을 잘 살아가고 있는 것이지 모른다. 나이 값을 한다는 것은 내안의 나를 끊임없이 보아야한다. 마음 평수만큼 비워내는 공간을 가져야 한다. 관찰의 힘이 있어야 볼 수 있다.

관찰의 힘이 있으려면 첫째로 몸이 건강해야 한다. 그래야 정신이 건강하기 때문이다. 마음을 내려놓고 먹는 것에 신경을 써야 한다. 노인들 대부분이 충분한 영양공급을 못 해 얻는 병이 많다. 나이가 들수록 먹는 것이 제일 중요한 일인지 모른다.

엄마와 함께 있으면 나도 모르게 반복적인 잔소리를 하게 된다. 굽은 허리로 종종대는 모습을 보면 짜증이 올라온다. 편안하게 앉아서 밥을 제대로 먹을 수가 없다. 밥이 어디로 들어가는지 모르게 후딱 먹고 나가버린다.

"엄마! 도대체 무엇을 위해 그렇게까지 살아야 하는데. 본인보다 중요한 게 뭔데? 이제는 그렇게 바쁘게 살지 않아도 되잖아. 엄마! 꼭꼭 씹어서 천천히 드셔. 아프면 엄마만 힘들어."

속상한 나는 엄마에게 소리쳤다.

"그래. 그래. 알았다." 말은 하지만, 몸과 생각이 다르게 움직이고 있다는 것이 느껴진다.

'습習'이란 오랜 시간 행위를 반복하여 몸에 익히는 것이다. 익힌 '습'은 무의식속에서 자동으로 내 몸의 일부처럼 움직이게 만들어 버린다. 주의 있게 관찰하는 힘을 기울이지 않으면 몸에 배인 습은 생각보다 몸이 먼저 반응한다. 그래서 우리는 의식을 가진 행동을 해야 한다. 몸에 밴 좋은 '습'을 그 너머로 나아갈 수 있다. 엄마는 좋은 '습'은 만들었지만, 주의를 관찰하는 힘을 보지 못한 것이다.

남들보다 더 좋은 집과 명품, 최고 맛있다는 음식, 가고 싶은 곳을 언제든 떠날 수 있다는 자유로움을 채우는 것은 돈의 힘이다. 사람들은 돈, 돈, 돈 한다. 삼척동자도 아는 사실이다. 부에서 비교우위를 가지면 천하를 얻은 것처럼 행동한다. 그리고 돈 보이게 한다. 특별한 존재인 것처럼……

엄마도 그렇게 사는 것이 잘사는 것으로 생각했다. 부지런히 움직이는 '습'이 몸에 배어버렸다. 엄마는 돈이 성공의 기준이었다. 자신보다 많이 가진 사람을 보며 엄마는 스스로 비교 열등에서 부러움을 가졌다. 결코, 엄마는 뒤처진 인생이 아니다. 만족하지 못할 뿐이었다. 충분히 노력의 보상은 받았다. 뒤늦은 후회는 나이가 들어 건강이 안 좋아지면서 알게 되었다. 지금은 돈도 필요 없고, 건강했으면 좋겠다고 한다. 물질을 부여잡지 않는 삶을 살았다면 엄마는 지금 행복한 마음으로 현재를 살아가고 있을까?

마음공부는 진리의 바탕에서 깨우치고 보아야 한다. 물은 모든 물건을 씻어주고 살린다. 하지만 물은 물 자체를 씻어주고 살릴 수가 없다. 사람도 마찬가지다. 자기의 마음을 자기는 찾을 수 없다. 진리를 공부하며 깨우쳐 마음을 공부해야 한다. 각자가 해야 하는 숙제이다. 살아가는 방식과 생각이 다르고 마음 크기가 다르다. 엄마는 앞만 보고 달려온 삶이다. 인생 끝자락을 앞두고 걸어왔던 발자국을 한번 되돌아볼 수 있는 여유를 가졌으면 한다. 그러면 엄마의 진정한 삶의 가치를 찾을 수 있을지 모른다. 자신의 가치 발견은 흔들리는 마음을 잡을 수 있다. 진심 자신의 길을 걸어가게 한다. 섞어 가는 꽃보다 발효되어 가는 꽃에서 나오는 향기를 남겼으면 한다.

할머니를 보았을 때 '내 어머니의 마음도 편안하고 비워내는 여유가 있으면 좋겠다.'라는 생각했었다. 할머니의 삶을 존중하고 내 어머니의 삶 또한 존중해야 한다.

엄마의 삶을 존중하고 사랑으로 채움을 가지려 한다. 왜냐면 우리는 이별을 해야 하는 시간이 점점 다가오고 있다. 내면 깊숙이 간직하고 싶다. 그 향기마저도 그리울 테니깐…….

삶의 무게에 지친 날에는

진정한 마음 여유

숨결 간직한 육신이여, 잠시 안녕

마음 깊은 곳의

또 다른 나를 만나러 갑니다.

눈 밖 세상이여, 잠시 안녕

영혼 속의

또 다른 나를 만나러 갑니다.

보이는 삶 내려놓을 때

비로소 만나는 내가

진정한 나입니다

맑은 호수 아기 집

순수한 나로 돌아가게 하는

마음 여유

대학원 다닐 때 같이 공부한 동기 혜영이는 방송국에 근무하고 있다. 동기는 방송국에서 자기 영향력을 발휘할 수 있는 능력 있는 친구다. 방송국에서 주최하는 공연이나 행사가 있으면 모임하는 동기들을 챙긴다. 1년에 몇 번 공연 티켓을 준다. 메마르고 딱딱해지는 마음자리에 단비가 내려 생기를 돌게 하는 여유를 찾게 해주는 시간이다. 눈물 나도록 감동이다.

가정에서, 직장에서, 사람 속에서 받는 스트레스를 잠시 놓아주는 시간의 여유를 가진다는 것은 나를 정화시키는 일이다. 동기는 정신없이 바쁘게 공연 계획과 일정을 잡을 때는 생각하지 못하다 공연 전날 갑자기 연락이 오는 경우가 있다. 나는 정말 중요한 일 아니면, 공연을 혼자라도 보러 간다. 내면의 자아와 하나가 되는 힐링 시간이기 때문이다.

음악이 주는 소중함을 안다. 힘든 마음자리에 한가닥 빛이 내려와 반짝이는 열정 에너지를 넣어준다.

살아있는 음악 소리는 심신의 안정과 행복을 가득 채우게 하고 살아있다는 자체가 감사하다. 몰입하는 마음은 목표를 향해 가는 열정 가속도를 붙이게 하고 지쳐있던 긴장된 마음을 내려놓게 한다. 목구멍까지 차오른 일의 스트레스는 내 곁을 떠나

어디론가 사라지고 없다. 피로물질은 녹아내리고 가벼움을 주는 높낮이가 있는 음계들의 움직임에서 나오는 리듬 소리는 내 마음과 하나이다. 함께 리듬을 타고, 함께 노래하고, 나는 음악 속에 있고 음악은 내 마음속에 물결친다. 서로의 어울림에서 나오는 아름다움은 선율에 웃음 꽃 피게 한다. 그것은 공연에 나의 시간을 온전히 음악 속에 담았기 때문이다.

혜영이는 깊어가는 가을에 멋진 공연 티켓을 선물했다. 재즈와 기타 연주로 이루어진 음악회다. 나는 재즈를 좋아하는 편이 아니다. 그렇지만 재즈의 살아있는 느낌을 느끼고 싶었다. 편식하는 것보나 주어지는 것에 바라보는 마음을 가져보기로 했다. 색다른 맛과 매력을 느낀다면 탁월한 선택에 달콤함을 더하는 일이 될지도 모른다. 체험은 소중한 삶의 일부로 남아 살아가는 힘을 보태어 주는 에너지가 될 것이다.

공연 날이 미선이 생일날이었다. 운이 좋았는지 우리는 만나기로 한 날 공연을 같이 보러 갈 수 있었다. 친구는 생각지도 못한 선물에 기분이 들떴다. 너무 좋고, 감동이라며 무조건 가자고 했다. 멋진 생일 선물이 되어 두 배의 기쁨을 가지게 했다.

예쁘게 꽃단장을 하고 나온 미선이를 보고 깜짝 놀랐다. 새로운 모습의 신선함이었다. 친구는 마음껏 멋을 부렸다. 짙은 화장에 하얀색 '샤방샤방'한 블라우스, 몸에 붙는 레깅스 바지를 입고 보석이 반짝거리는 10cm 넘는 킬 힐을 신고 오는 모습이 멋진 모델 걸음걸이 자세였다. 당당한 모습은 더 여유가 있어 보이게 했다.

친구 직업은 현모양처다. 현명하게 대처하고 전문적으로 가족을 챙기는 주부다. 편한 복장에 익숙한 모습을 벗어 던지고 예쁘게 단장하고 갈 곳이 생겼다는 마음에서 설레고 떨림을 가지게 했다. 긴장한 친구는 음악회에 참석하는 사람들 대부분 격식을 갖춘 분위기로 참석한다는 생각에서 자연스럽게 어울림을 가지질 원했다. 변화와 생각에 박수를 보냈다.

조금 쑥스러워하고 수줍어하는 모습이 순수했다. 주부 생활은 격식을 갖춘 자리에 정장 차림이나 멋진 옷을 입고 다닐 기회가 적다. 그래서 간만에 기분 전환을 위해 신경을 썼다고 했다. 충분히 이해할 수 있었다. 여자들은 가끔 변신하는 기분이 있어야 한다. 똑같은 일상에서의 탈출이다. 누구에게 잘 보이기 위한 차림이 아니라 온전히 자신에게 주는 만족이다.

"역시, 잘했어. 미선아! 오늘 주인공은 너야. 분위기를 마음껏 즐겨."

삶의 무게에 지친 날에는

친구는 큰 소리로 웃었다.

"기분 좋네. 이 맛에 살아가는 것 같다."

그날 선택한 옷과 화장이 나에게 날개를 달아 주면 꽃밭에서 시간 가는 줄 모르고 날아다니고 싶은 마음이 들게 한다. 나를 돋보이게 하는 옷과 화장이 잘 먹어 얼굴을 한층 빛나게 하는 날이다. 평상시와 다르게 마음이 뜬 구름위에서 둥실둥실 떠다닌다. 스스로 예뻐 보이는 날에는 집에 빨리 들어가고 싶지 않다. 마음에서 진심으로 나오는 행복 호르몬은 우울한 마음을 씻어 주고 열정지수를 높여준다.

그런 것이다. 항상 갖춰 입고 다니는 모습이면 지금 자기 모습의 아름다움을 느끼지 못하고 순수성도 없었을 것이다. 친구는 오늘 주인공이다. 주인공 된 삶의 시간을 충분히 즐기는 것 같았다. 가끔은 색다른 신선한 공기가 필요하다. 그것은 본인의 재발견이 될지도 모른다. 좋아하는 친구 모습을 보니 내 마음이 더 즐겁고 뿌듯했다. 미소가 떠나지 않는 친구 얼굴은 해맑음이다.

예술회관 공연장에 도착하여 내 이름이 적혀져 있는 봉투를 받았다. 자리는 R석으로 중앙에 있는 좋은 위치의 자리였다. 초대석 자리였다. 특별할 것 없는 내가 초대 자리에 앉으니 두 어깨에 뽕을 넣은 것처럼 힘 들어가는 우쭐함이 생긴 마음이었다. 혜영이의 배려에 깊이 감사했다.

공연 시작 전 관련 책자를 보며 일정 순서와 밴드들의 이력을 보았다. 먼저 눈으로 익히고 공연을 보면 더욱 공연이 흥미롭다. '말로 밴드'와 '박주원 밴드'가 함께 무대에 선다. 처음 듣는 재즈 음악은 전혀 낯설지 않고 감동이 물결 되어 가슴에 들어왔다. 노래하는 말로 가수의 이끌림에 빠져들기 시작했다.

외로움이 느껴지는 가을밤에 듣는 재즈 음악은 주체할 수 없는 마음의 심금을 울리는 것 같았다. 말로 가수는 밝은 조명 아래 음악에 몸을 맡기고 흔드는 손놀림과 발놀림이 밴드들 악기 소리와 함께 하나가 되어 있었다. 무대 위에서 하얀 블라우스를 입고 혼자 춤을 추는 모습이 전혀 어색하지 않고 아름다웠다. 관객을 의식하지 않고 자기만의 춤을 즐기고 있다. 내 어깨와 마음도 함께 춤을 즐기고 있었다. 재즈를 부르는 목소리는 경쾌하고 부드럽고 강렬하게 다가왔다.

귀를 통해 가슴으로 전달되는 울림은 닫혀 있던 마음 빗장을 조금씩 열게 했다. 분위기에 맞춰 재미있는 유머와 손짓으로 사람들 마음을 집중시키고 매력을 발산했다. 흔들림 없이 잔잔하게 관객을 몰입시키는 여유는 프로였다. 사람들 박수 소리와 환호에 삶의 에너지를 받아가는 '가수'라는 직업에 새삼 부럽다는 생각이 들었다.

"친구야! 진짜 고맙데이. 정말 잘 왔네. 삶의 충전이 된 것 같아 기분이 날아갈 것 같다. 생일 선물 진심으로 고맙다."

나는 오히려 친구에게 고마웠다. 같이 할 수 있어, 해 줄 수 있어 더욱 고마웠다. 진정한 행복은 받는 즐거움보다 주는 즐거움이 더 마음을 웃게 하는 것 같다. 친구의 행복한 모습을 보았을 때 내 존재의 가치가 소중하게 뿌듯함이 느껴졌다.

황금빛 물결이 넘실거리는 들판에 누워 귓가에 들리는 감미로운 기타 소리와 구름 한 점 없는 파란 하늘을 바라보게 하는 진정한 여유이다.

흔들리지 마

주인 되지 못한 삶은

갈 길을 잃은 방랑자

기준 없는 삶의 차이는

끝없는 비교로 어둠을 만든다.

이성과 감성 틈 사이

어지러운 생각 움직임

관찰의 마음 도구로

길을 열어 보내 주어라.

넌 20년 세월, 난 50년 세월

나 젊어 봤다. 너 중년 삶 살아 봤니?

20년 삶 포기하지 말고

열정의 배 타고 맞서라.

세상 친구 등에 업고

안전선 밖으로

삶의 무게에 지친 날에는

뚜벅뚜벅 걸어

성장의 샘 마셔라.

승리의 마음으로

용기 내어 뻗은 손

당당하게 걷는 발자국

품에 안은 이 세상

흔들리지 마.

회사에서 동반 성장 채용 박람회가 있었다. 조금 긴장된 아침이었다. 평상시 출근 복장과 다르게 한층 더 단정한 모습으로 출근했다. 회사의 첫 이미지이다. 상담을 받으러 오는 학생이나 구직을 원하는 일반인은 멀리서 지켜보고 있다. 면담자의 첫인상이 좋으면 끌림이 생긴다. 편안함을 주고 친절하게 해야 한다. 회사 이력도 중요하지만, 면담자의 인상이 중요하기 때문이다. 면담자의 모습이 단정하게 보이면 '회사 분위기가 좋구나!' 하는 느낌이 든다. 대기업보다 작지만 튼튼하고 내적인 가치나 충실성 있는 회사들이 많다. 진흙 속에서 옥석을 가려내는 것은 회사 측 면담자의 말과 모습이 도움 된다.

조금 일찍 도착하여 소속된 회사 부스가 있는 곳으로 향했다. 우리 회사 위치는 한산해 보이는 코너에 있었다. 부스는 사람들의 눈에 잘 들어오는 곳이었다. 가방을 책상 밑에 내려놓고 집에서 가져온 커피를 한잔 마시며 긴장을 풀었다. 오가는 사람들을 보며 분위기를 살폈다. 직원과 커피를 나눠 마시며 회사에서 원하는 인재가 왔으면 좋겠다며 서로 이야기를 나눴다.

잠시 후, 시작 시각이 되었다. 취직 준비 학생이나 구직을 원하는 일반인이 많으리라 생각했다. 한참 지났지만 상담하러 오는 사람이 없었다. 회사 측 면담자의 수가 더 많았다. 주최 측 직원들이 다니며 면담하러 온 사람들을 조사했지만, 생각보다 저조한 실적에 주최한 의미가 없다며 걱정했다. 홍보가 제대로 되지 않은 모양이었다. 좋은 기회에 많은 사람이 혜택을 받았으면 좋을 건데 하는 아쉬움을 가졌다.

점심을 먹고 난 후, 조금씩 사람들이 모여들었다. 한 명이 면담하러 당당하게 들어왔다.

"안녕하십니까? 이력서 제출 좀 하러 왔습니다."

"예. 여기 앉으세요."

우리는 반갑게 맞이했다.

"워크넷에서 현장 안전 관리자 채용한다고 해서 왔습니다. 다른 회사는 보지도 않고 여기로 바로 왔습니다."

당당한 모습이 자신감 있게 보였다. 다녔던 직장은 중공업 관련 회사로 문을 닫았다고 했다. 다른 회사에 계약직으로 일하면서 틈틈이 안전관리 자격증에 도전했지만, 일과 공부를 병행하기가 쉽지 않았다고 했다. 하던 공부를 중단하고 계약이 종료되면서 자격증 공부에만 집중했다고 말했다. 자격증이 있으면 취직이 잘 되고 경력이 쌓일수록 호봉이 올라가기 때문에 도전했다고 한다. 절실했기 때문에 더욱 집중했고, 좋은 결과를 가졌나고 했다.

여유 있는 얼굴에서 안정감을 주었고, 조급함이 보이지 않았다. 따끈따끈한 자격증은 사회에 당당하게 설 수 있는 자리를 만들어 주었다. 자신감은 말에 힘이 있다. 직원과 나는 원하는 인재라는 확신이 들었다. 책임감과 성실함이 보였고, 인상이 편안했다. 깊숙한 내면을 볼 수 없지만, 보이는 이미지는 합격이다.

대표 승인을 득하고 바로 면접을 보기로 했다. 대표도 시원시원하게 막힘없이 말하는 태도와 행동이 믿음을 준다며 원하는 연봉보다 더 높게 주기로 했다. 생각지도 못한 연봉에 구직자는 어리둥절했다. 얼굴이 피었다. 열심히 하겠다는 말과 감사하다는 인사를 수없이 했다. 대표는 구직자에게 많은 성과를 내기 위해 노력하는 것보다 먼저 태도가 좋아야 한다며 강조했다. 돌아가는 모습은 믿어지지 않는 현실이 얼떨떨하다는 느낌을 주었다. 기분은 최고조로 달리는 것 같았다. 밝은 미소와 시원시원한 말투에서 우렁찬 기운을 느꼈다.

자신감에서 나오는 행동은 가끔 생각지 않은 보너스를 받는 상황을 만든다. 그 또한 자신을 갈고 닦은 노력인 것이다. 노력의 결실에서 얻은 열매는 달다. 자존감을 높이게 하는 원동력이 된다.

첫 번째 상담자가 돌아가고 한참 후, 부스 앞에서 20대 초반 청년 둘이 서로 눈짓을 보내고 있었다. 서로 먼저 가라는 신호인 것 같았다. 나이가 어린 청년이 먼저 부스 안으로 들어왔다. 키와 덩치는 컸지만, 말에 힘이 없고 아래만 내려다보며 눈을 맞추지 않았다. 기운 없는 얼굴에서 느껴지는 내성적인 성격은 어깨가 힘없이 처져 있었다.

이력서를 가지고 왔냐는 말에 고개를 저으며 없다고 했다. 자신감이 바닥이었다. 아들 또래 정도 보였다. 아들 같은 생각에

삶의 무게에 지친 날에는

여러모로 도와주기 위해 질문을 했다. 속 시원한 대답은 나오지 않았다. 짧은 경력은 원하는 인재가 아니지만, 도와주고 싶었다. 적극적인 태도를 보이지 못했다. 지푸라기라도 잡는 심정으로 일용직으로 우리 회사에 하루 근무한 경력을 내세웠지만, 기술공이 아니었다. 질문할 때마다 나약해지는 모습을 보였다. 당당하게 내세울 게 없는 청년은 자신을 아는지 숨을 구멍만 찾고 있는 것처럼 느껴졌다. 취직하기 위해 박람회에 참석했지만, 준비된 자세는 아니었다. 의욕을 가지고 왔지만, 현실은 나약함을 가지게 했다. 무엇인가 시도를 하려면 첫 번째는 준비 자세가 필요하다. 준비도 없이 그냥 던져 걸려드는 행운을 잡으려고 하는 것은 인생을 노력 없이 살겠다는 생각이다. 시간과 노력을 사기 치는 일이다. 철저한 반성이 필요하다.

일어나서 나오는 모습을 보고 두 번째 청년이 들어왔다. 앞 상담자보다 2살 위였다. 역시나 같은 모습이었다. 상담한 청년의 아는 형이라 했다. 준비되지 않은 자세에서 믿음을 주지 못했다. 여기에 참석한 회사 어디를 가도 불합격이다. 면담하는 사람은 사람을 채용할 때 먼저 태도를 중요시한다. 그다음 자기소개서를 비롯해 이력을 본다. 적극적인 자세에서 신뢰와 믿음을 가지게 한다.

채용한 구직자는 안전관리 경력이 없었다. 자격증만 가지고 면접을 봤다. 채용이 되었다. 그것은 적극적인 태도와 마음가짐 이었다. 열심히 하려는 열정이 보였기 때문이다. 회사는 성실하고 바른 태도를 보이는 사람을 원한다. 그런 사람은 일을 시키면 적극적이고 일처리 능력과 이해력이 빨랐다.

내세울 것 없는 자격증 하나 없고, 유명한 학교가 아니어도 괜찮다. 어깨를 펼치고 당당하게 세상과 맞섰으면 좋겠다. 오늘을 계기로 현재 내 모습을 보고 어떻게 살아가야 하는가? 삶에 대한 성찰의 시간을 가졌으면 한다. 분명 답을 가지고 있다. 본인이 노력하지 않는 것이다. 힘듦에서 오는 고통을 피하지 않고 이겨내야 한다는 마음으로 맞서면 세상은 나를 품는다.

'할 수 있다. 잘 될 것이다. 방법은 찾으면 된다. 포기하지 말고 도전 하자.'

승자의 사고로 살았으면 한다. 남과 비교하는 삶에서 느끼는 빈곤과 자괴감은 스스로가 만드는 것이다. 이 세상에 똑같은 삶을 살아가는 사람은 단, 한 명도 없다. 각자의 주어진 삶이 다르다는 것을 인정하는 순간 만족을 느낄 수 있다. 20대는 적응기간이다. 부딪혀보고, 깨져보고, 아파보고, 눈물도 흘려보고, 쓴 잔을 마셔 보고, 도전해 보아도 되는 나이다. 결코 늦지 않다.

두려워 말고 맞서 싸워야 한다. 많은 경험이 지혜가 되어 가고 자하는 방향을 밝혀 줄 것이다.

누구를 탓하는 마음을 버리고 긍정적인 마음으로 멀리 내다보며 걸어가야 한다. 하나하나 이루어 가는 기쁨에서 오는 희열은 자존감을 더하게 한다. 작은 것부터 성실하게 도전하는 태도가 중요하다. 배움을 멀리하지 말자. 어제의 배움이 오늘의 배움에 연결이 되어야 성장할 수 있다.

사회 선배가 아닌 부모 마음으로 지켜보는 동안 두 청년이 마음에 걸림돌이 되어 답답했다. 남 일 같지 않은 일이었다. 아들도 군대를 제대하고 학교를 졸업하면 사회인으로 출발해야 한다. 걱정되는 마음이 들었다.

단정한 옷차림, 밝은 미소, 깨끗한 몸, 건강한 정신, 바른말 사용, 책임 있는 행동은 나를 사랑하는 마음에서부터 자존감을 가지게 한다. 남에게 보여주기 위한 것이 아니다. 자신의 이미지 가치가 상승하면 스스로 만족에서 자신감이 나온다. 내가 나를 아끼고 사랑하는 마음이 있어야 한다. 세상은 노력과 실천에 행운을 준다. 실천하는 삶을 살아야 한다. 실천은 경험이다. 경험은 변수를 가진다. 긍정적인 태도는 변수를 현명하게 대처할 수 있는 힘이 있다. 시도하지 않는 삶은 성장이 없다. 시간을 내어서 하는 것이 아니라 시간을 나에게 맞춰서 해야 한다. 긍정적인 태도는 경험을 가치 있게 만든다.

삶의 무게에 지친 날에는

남방파제 성대*에게 반하다

푸른 빛 머금은 눈동자

황금 띠 두른 단추 두 개

파랑이와 초록이 물든

지느러미 활짝 펼친 공작

수채화 물감 물들인 듯

선명한 몸채의 아름나움

바닷속 거대한

경계선 없는 자유로움

남방파제 깊은 모래 바닥

너의 놀이터

나에게로 온 너의 운명

---

* 성대: 몸길이가 40cm가량인 바닷물고기이다. 가슴지느러미는 변형된 3개의 연조가 있다. 가슴
  지느러미 안쪽은 진한 녹색을 띠고 몸은 회갈색 바탕에 전체적으로 붉은색을 띤다.

내 마음 실어 너를 보내고

얽매임 없는 마음 자유

오늘 새로운 너를 보다

성대야! 부르면

예, 하고 대답할 것 같은

너는 물고기

너에게 반하다

　태어나서 처음으로 낚시를 하러 갔다. 남편은 낚시 이야기 할 때는 평상시와 다른 모습을 보였다. 눈빛이 살아나는 것 같았다. 즉석에서 먹는 회 맛은 최고라고 했다. 같이 가서 회 맛을 보여주겠다고 했었다. 생동감 있게 이야기하는 모습을 보고 언젠가는 한 번 같이 하고 싶다는 말을 했었다. 가슴속에 담아 두고 있었던 남편은 이번 기회에 같이 가기를 원했다.

　남편은 모임 하는 친구에게 정말 멋진 낚시 포인터가 있다고 자랑을 했다. 중학교 친구로 형성된 모임은 어릴 적 고향이 바닷가 근처였다. 낚시 맛을 아는 친구들은 그곳에 가보고 싶다고 했다.

멀리서 오는 제주도 친구와 충청도에 사는 친구 부부는 우리 집에서 하룻밤 자고 뒷날 1차, 2차 선, 후발대 구성으로 출발한다고 했다. 남편이 이야기한 멋지고 아름다운 곳은 울산 남쪽에 있는 남방파제라고 곳이다.

배를 타고 얼마 남지 않은 거리에서 배 멀미를 하는지 속이 울렁거렸다. 같이 탑승한 난이 엄마도 배멀미를 하는 것 같다고 했다. 남편 친구는 우리가 걱정되는지 배에 붙어 있는 난관을 보지 말고 계속 먼 산을 보라고 했다. 우리가 앉아 있는 눈높이에 난관이 가장 잘 들어오는 위치에 있었다. 점점 느껴지는 위안의 요동은 불안하게 했다. 옆에 앉아 있는 남편 친구에게 등을 두드리라고 했다. 다급하니 체면 차릴 일이 아니었다. 내 몸이지만, 내 의지대로 되지 않았다. 참고 참아야 했다.

"제수씨, 조금만 참으면 도착합니다. 저기 보이죠? 저곳입니다. 거의 다 왔어요."

괴로워하는 나를 안심시키려 했다. 속이 '오르락내리락' 할 때쯤 선착장에 제주도 친구 지훈 씨 얼굴이 보였다. 안도의 한숨을 내 쉬고 빈손으로 남방파제에 첫발을 디뎠다. 한 명씩 챙겨 주는 짐을 들고 남편이 낚시하는 장소로 갔다. 멀미 탓인지 모든 게 무거웠다. 옆에 같이 걸어가고 있는 내 짐을 지훈 씨한테 맡기고 홀가분하게 걸었다. 지면에 발이 닿으니 한결 속이 편하고 살 것 같았다. 지훈 씨는 아침에 있었던 일과 오늘 도착해서 잡은 물고기 이야기로 흥분되어 있었다. 방파제는 둘이서 나란히 걸어갈 수 있는 폭이었다. 이야기를 들으며 주위를 살폈다.

다른 사람들 낚시하는 모습과 옆에 있는 가방 안에 물고기가 가득 들어 있었다. 여자들도 생각보다 낚시를 즐기는 사람이 많았다. 잘 잡히는 곳이 맞는 것 같았다.

남방파제는 유럽에 있는 이국적인 느낌을 주었다. 깊은 바닷물에 빠지는 것을 방지하기 위해 곡선의 아름다움을 살린 아치형 울타리로 되어 있었다. 아치형으로 된 부분은 낚시꾼에게 방해되지 않게 폭이 넓었다. 유럽 작은 섬에 낚시 여행 온 느낌이었다. 불편할 것 없는 곳이다. 매점도 있고, 낚시하며 틈틈이 누워 쉴 수 있는 평상, 그리고 화장실까지 휴양지였다. 전화하면 매점에서 필요한 물건을 배달해준다. 갈매기의 환영 비행은 내 마음도 비행하는 것 같았다.

한참을 걸어가도 남편 모습이 보이지 않았다. 길게 쭉 뻗어 있는 남방파제는 길이가 1.3km 된다. 거의 끝자락에 와서야 낯익은 모습이 보였다. 남편이었다. 약간 미소를 머금은 표정으로 짐을 받아 주었다.

눈이 마주치자 짜증 섞인 말투였지만, 사실 애교 표현이었다.

"아침에 일찍 좋은 낚시 포인트를 잡기 위해 들어 온 거 아니야. 이렇게 멀리 와 있어요?"

"그랬지. 선착장하고 화장실 가까운 곳을 잡으려다 싸울 뻔했다. 사람들이 생각보다 오늘 많이 들어왔네. 좋은 낚시 포인트 잡으려다 이렇게 멀리 오게 되었다."

남편은 설명했다.

옆에 있던 친구가 말했다.

"제수씨, 배에서 내리자마자 자리를 잡기 위해 전쟁터가 따로 없었어요."

남편은 나름 신경을 쓴 모양이다. 친구들을 데리고 온 책임이었다. 짐을 풀고 남편이 던져 놓은 낚싯대 쪽으로 향했다. 조금 있으니 낚싯대가 흔들렸다. 지켜보던 친구가 나를 보며 물고기 물었다며 낚싯대를 잡아 올리라고 했다. 어리둥절한 나는 본능적으로 낚싯대를 잡고 시키는 대로 릴을 감았다. 릴을 감아보는 첫 느낌은 뻑뻑하고 제대로 돌아가지 않아 힘들었다.

'이렇게 힘든 걸 왜 하지?' 하는 생각이 들었다. '끙끙'대며 힘들어하는 모습을 보고 남편은 뛰어와 나를 도왔다. 릴이 엉켜

제대로 돌아가지 않은 것이었다. 남편 도움으로 겨우 얼떨결에 올린 첫 성과는 빨간 성대라는 물고기였다. 크기가 제법 컸다. 떨림이 좋았다. 느껴졌다. 해냈다는 희열의 기쁨은 고함을 지르게 했고 물개 박수를 쳤다. 어린아이처럼 좋아 날뛰는 모습을 보고 있는 남편 친구들은 웃었다.

남편이 잡아 왔던 성대의 모습과 내가 직접 잡은 성대는 느낌이 달랐다. 감회가 새로웠다. 바닷물을 채운 낚시 가방 안에 성대를 넣자 성대의 진짜 모습을 볼 수 있었다. 지느러미를 펼친 아름다운 모습에 반해 버렸다. 한참 동안 노는 모습을 지켜보았다. 지느러미 끝에는 선명한 짙은 하늘색, 안으로는 연두색에 하늘색 점박이가 군데군데 있었다. 살려서 집에 데리고 가고 싶은 마음이었다. 첫 경험에서 얻은 수확의 기쁨은 힘들게 온 선물이었다.

잠시 후, 부산에서 온 훈이 엄마도 큰 우럭을 한 마리 올렸다. 물개 박수 치며 환호의 축하를 했다. 나만 빼고는 낚시꾼들이다. 훈이 엄마도, 난이 엄마도 남편과 함께 낚시를 자주 다닌다. 남편은 같이 낚시 다니는 친구네 부부가 부러웠는지 SNS에 올라오는 사진을 가끔 보여준다.

난이 엄마는 고등어 3마리가 한 번에 걸렸다. 무거운 낚싯대를 온 힘 다해 무사히 올렸다. 풍요에서 느끼는 성취감은 낚시에 빠져 들게 하는 것 같았다. 그것은 멈춤 없이 바로 낚시대를 던지는 모습에서 볼 수 있었다. 행복을 낚아 올리는 것인가? 재미있게 낚아 올리는 모습을 보니 갑자기 발동이 걸렸다. 행복을 낚아 올리는 희열을 다시 손끝으로 느끼고 싶었다. 남편에게 미끼를 걸어 달라고 했다. 던지자마자 조금 있으니 입질이 느껴졌다. 고등어가 잡혔다. 몇 번 재미를 보면서 말이 없어지고 진지해졌다. 소소한 행복의 맛을 보는 순간이었다. 낚시꾼 모드로 들어갔다. 낚싯대에서 느껴지는 미세한 떨림이 신호였다. 감을 잡았다. 신호가 느껴질 때 낚싯대를 약간 위로 끌어 올려 릴을 감으면 됐다. 점점 익숙해져 가는 낚시 맛은 물고기 크기까지 감지를 했다. 묵직하게 느껴지는 낚싯대는 앞 전 느낌하고는 달랐다. 큰 사이즈 고등어와 제법 통통한 우럭이 잡혔다. 이 자만심 어떻게 할까나. 혼자서 신중하게 끊어지지 않게 끌어 올렸다.

처음 낚시터에 왔을 때 내가 아니었다. 작은 고등어 손맛은 재미를 잃어 갔다. 큰 어종의 손맛을 본 나는 욕심이 생기기 시작했다. 흘러가는 시간은 지루하지 않았다. 다시 느껴보고 싶은 묵직한 손맛을 기대하고 기다렸다.

"제수씨, 이제 낚시꾼 자세 나옵니다. 하하하."

남자 다섯 명은 평상 위에서 여자 세 명이 낚아 올리는 물고기로 회 파티를 열었다. 자주 만나지 못하는 남편 친구들은 수다를 떨고 있다. 흔치 않은 광경이다. 남자들은 먹고 하라고 음식을 챙겨 주었지만 꼼짝하지 않고 여자 세 명은 아치형 울타리를 방패 삼아 서서 행복 사냥을 했다.

낚시에 도전하지 않았다면 낚아 올리는 매력과 풍요를 몰랐을 것이다. 남편도 이해하지 못했다. 이제는 사람들이 말하는 낚시 이야기가 지루하지 않다. 소통할 수 있을 만큼의 경험이었다. 남편이 가자고 하지 않아도 내년 따뜻해지면 가고 싶다고 했다. 소소한 재미는 삶의 희망을 준다. 경험에서 얻은 기쁨과 즐거움은 누가 권하지 않아도 자발성을 가지게 했다.

낚싯대를 들고 가방 메고 떠나는 남편 마음에 공감한다.

"여보, 따뜻한 날에 우리 손 잡고 낚시하러 갑시다."

삶의 무게에 지친 날에는

4장

마음 따뜻한
날에는

꽃으로 피어난 그대

화려함 뒤

천의 얼굴이 그대인지

찬란한 빛

후광의 얼굴이 그대인지

그것이 무엇이든

내 심장에

화살로 날아와 박혀

꽃으로 피어난 그대

모임 밴드에 아침이 되면 울산 소식을 전해 주는 선생님이 있
다. 회원을 생각한 마음의 사랑 표현이다. 노력 봉사는 사람을
아름답게 보이게 하는 것 같다. 순수한 마음에서 나오는 배려는

보지 않아도 그 사람 모습이 읽어진다. 선생님을 직접 만난 날 멀리서 걸어오는 모습이 눈부셨다. 한눈에 알아볼 수 있었다. 밝은 표정으로 웃고 오는 모습에서 여유 있는 느낌이 좋았다. 추측의 기대는 역시 실망을 주지 않았다.

어느날 아침 선생님이 가슴 진한 감동의 글을 올렸다. 아직도 살 만한 세상이라는 것을 전하고 싶었다고 한다. 사람은 따스한 온기가 느껴지는 이야기에 목말라 한다. 삭막한 세상에서 식어 가는 사랑을 그리워하고 배고파한다. 아직 감성이 살아있다는 것이다.

폐지를 줍는 할머니와 손자 이야기로 실제 있었던 이야기이다. 어느날 7살 손자가 할머니 폐지 줍는 일에 나섰다. 서산에 걸린 태양이 떨어지고 어둑어둑 해 질 무렵 일을 끝내고 돌아가는 길에 콩나물과 바나나를 손수레에 실고 집으로 향하는 길이었다.

할머니가 폐지 줍는 일터 주위는 재래 시장 부근으로 아파트가 밀접해 있고, 저렴하고 맛있는 식당들이 몰려 있다. 사람들이 항상 북적이는 곳이다. 나도 가끔 그 곳에 음식을 먹으로 간다.

주차장이 현저히 부족한 상태이다 보니 주차 전쟁이다. 인도 한쪽은 주차장으로 된 지 오래되었다. 7살 손자가 할머니 손수레를 끌고 가다 코너에 세워 놓은 외제 차(아○○) 옆면을 부딪쳐 긁고 말았다.

주위에서 지켜본 사람들은 안타까운 마음으로 '웅성웅성' 거리기 시작했다. 놀란 손자는 할머니를 부둥켜안고 울고 있었다. 할머니도 어떻게 해야 할지 몰라 긴장하고 당황한 모습이었다.

정신없어하는 할머니를 대신해 지켜본 학생이 전화로 차 주인에게 상황 설명을 했다.

연락을 받은 차 주인은 10분 정도 지나 시장 골목에서 급하게 걸어왔다. 40대 중반의 부부였다.

차 주인 아저씨는 할머니와 손자를 보자마자 고개를 숙이며

"죄송합니다. 할머니! 많이 놀라셨죠? 주위에 주차할 곳이 없어서 여기에 제가 잠시 주차를 했습니다. 다친 데는 없으세요? 제 차 때문에 불편하게 해서 정말 죄송합니다."

라고 말하며 오히려 할머니를 안심시켰다.

아주머니는 울고 있는 손자를 달래며

"괜찮아! 괜찮아! 울지 마!"

상상했던 행동의 반전이었다.

지켜보던 많은 사람은 물음표(?)를 자기 자신들에게 던졌다

고 한다.

과연 나도 같은 상황을 가지게 된다면 차 주인처럼 행동했을까? 하는 생각을 했다. 따뜻한 사랑의 온기가 SNS를 통해 전달되었다. 많은 사람이 공감하고 차 주인의 따뜻한 마음을 느꼈다고 한다.

관용과 배려의 불씨가 완전히 꺼졌다면 되살리기 힘들다. 보이지 않는 구석에 남아 있다는 것은 활활 타오를 수 있는 여지는 충분하다는 것이다. 아름다운 이야기가 더 빠른 속도로 SNS로 전달되면 좋겠다. 사람의 마음을 울렸으면 한다. 함께 가는 길이 아름다웠으면 좋겠다.

우리 본심은 내가 받아들일 수 있는 여유가 있다면 잘못된 행동을 해도 관용으로 넘길 수 있다. 본심은 순수하고, 맑고, 따뜻하고 편안한 작은 분자들로 이루어진 에너지 층이다. 삭막한 사회 분위기와 계산적으로 변해가는 흐름에 서서히 우리 생각이 물들고 있는 것은 아닌가 하는 생각을 한다. 폭행, 폭언으로 자기 마음을 통제하지 못하고 생각 속에 머물 시간도 없이 입으로 바로 튀어나온다. 숙성시키는 과정이 없다. 정화되지 못한 말은 듣기가 거북하다. 전투적인 말투는 서로에게 상처만을 남긴다.

마음에서 정화시킨 생각은 따뜻한 말과 여유 있는 행동으로 나온다. 생각의 자유와 탄력을 가지고 고정된 프레임을 벗어 던진다면 본래의 마음으로 살 수 있다. 순수, 사랑, 배려로 우리는 따뜻하게 더불어 살아갈 수 있다.

마음 따뜻한 날에는

그녀 이름은 김.옥.매

백옥 꽃잎 겹겹이

눈 꽃송이 이루고

옥구슬 꿰어놓은 듯 피어

'옥매' 이름 가진다.

뼛속까지 파고드는

추운 겨울 이겨내고

마음에 하얀

매화 꽃 피웠네

오는 님 가는 님

코 속 진한 향기 전하고

인생의 디딤돌

하나 둘 밟고

84평의 마음 밭에

인내의 씨앗 심어

삶의 꽃을 피웠네

영혼의 집으로

돌아갈 검은 그림자

딸아! 딸아!

울지 마라

가야 할 길 '어서 오소'

고운 한복 영정사진 준비하고

웃음의 단 약 마시며

사주팔자 쓴 약 이겨내고

세상아 놀자!

삶의 연산 깨달은

김. 옥. 매 여사

퇴근 무렵 친정엄마한테서 전화가 왔다. 받을까? 말까? 고민했다. 그 전에 엄마랑 사소한 다툼이 있었기 때문이다. 부글거리는 마음은 한동안 엄마의 전화를 거부하고 싶었다. 부모와 자식 간 감정의 고리를 묶어서 뭐하나? 서로 상처 주는 일이라는

마음 따뜻한 날에는

생각으로 아무런 일 없었던 것처럼 태연하게 전화를 받았다.

"원정 어매가! 바쁘제? 내 눈 수술하고 버스 타고 남해 내려가는 길에 전화해 봤다."

"엄마! 눈 수술했어? 어디 가서 했는데?"

"마산에 남해 사람이 하는 병원인데. 잘한다고 해서 하룻밤 병원에서 자고 수술하고 이제 집에 간다."

"혼자 갔어?"

"그래. 누구랑 가노. 너거들 바빠서 올 수 있나?"

"어떻게 혼자서 갈 생각을 했어? 엄마. 안 무섭더나?"

"안 하려고 생각을 많이 했는데. 겁도 나고 무섭고 해서. 그런데 불편해서 도저히 안 되겠더라. 그래서 '에라 모르겠다. 한 번 가보자' 큰마음 먹고 갔제? 내도 대단하다. 마산 넓은 땅을 혼자서 물어보고 잘 찾아갔다. 아이가."

엄마 본인이 생각해도 장하다는 마음이 들었는지 뿌듯해하는 목소리는 듣기 좋았다.

"엄마! 수고 많이 했다. 집에 가서 아무것도 하지 말고 쉬어라."

"다른 사람들은 딸하고, 아들하고 같이 와서 부축하고 다니는 모습을 보니 좀 부럽긴 하더라."

자식들이 없는 것도 아닌데 혼자 수술을 받고 온 것이 외롭고 서운한 목소리였다.

엄마는 남해에서 마산까지 안과 병원을 갔다. 남해 사람이 운영하는 병원이고 잘한다고 할머니들 세계에 입소문이 나 있는 곳이다. 할머니들이 말하는 '잘 한다'는 기준은 친절과 관심도가 높다는 것이다. 고향 사람이라 믿음이 가고 친절하게 맞이해 준다고 했다. 친절은 사람의 마음을 녹이게 하는 것 같다. '울산에 와서 하시지, 혼자서 힘들게 마산에서 했냐.'고 말했더니 낯선 사람 속에 있으면 외롭고 쓸쓸한 마음이 생긴다고 했다. 차가운 말투보다 따뜻한 말 한마디가 안전감을 주고 편한 마음을 가지게 한다. 친절은 관심이고, 관심은 사랑이라는 생각을 가진다. 엄마는 타인의 따뜻한 배려를 느끼고 받고 싶다고 했다. 세상의 변화에서 느끼는 차가운 행동과 마음은 때로는 외롭게 만든다. 소홀히 대접받는다는 생각은 자신감을 잃게 만든다. 배려와 사랑을 받고 있다는 것은 자신감을 가지게 하고 살아있다는 느낌이 들게 한다.

팔순 넘은 노인이 혼자서 새벽부터 버스를 타고 장거리를 갔다가 오는 것은 대단한 정신력과 힘이 있어야 한다. 하루가 멀

마음 따뜻한 날에는

게 체력이 떨어지고 있다. 굽은 허리와 근육 없는 앙상한 다리는 나이가 들었다는 알림이다.

오는 세월을 쫓아 보내고 싶겠지만 시간은 무정하게 쉬지 않고 흘러간다. 신이 사람들에게 공평하게 나눠 준 것은 시간이다. 누구나 흘러가는 것을 붙잡고 싶을 것이다.

'멈춰다오. 시간아!'

엄마의 자리가 조금씩 허공으로 흩어지고 있다. 아련한 마음은 엄마를 무척이나 원망하고 미워했던 시절이 생각났다. 참 오래된 이야기가 불쑥 기억 속 한 서랍장에서 튀어 올랐다.

고등학교 2학년 시절이다. 엄마는 생계를 위해 밤낮으로 밖에서 생활하고 집에는 밥 먹으러 오거나, 잠자러 오는 공간이었다. 모녀가 앉아서 대화도 나누고 손잡고 얼굴도 비비고 사랑받고 주고 싶은 시절이었다. 엄마는 그런 시간을 주지 않았다. 아버지가 없는 공간에는 늘 혼자의 시간으로 채워야 했다. 엄마의 사랑과 품이 그리웠다. 정말 내가 친자식이 맞는지 확인받고 싶다는 생각이 들었다. 고 2학년 겨울 방학 때 가출을 해보기로 마음을 먹었다. 집에 들어오지 않으면 나를 찾아 헤매겠지? 하는 생각이 들었다. 사실 애달프게 걱정을 하게 만들고 싶은 심술궂은 생각이었다.

혼자 떠나는 마음은 두렵지 않았다. 친척 집에서 잠을 자본 경험은 있지만, 다른 곳에서 하룻밤을 지낸다는 것은 상상도 할 수 없는 일이었다. 그런 내가 도전을 했다. 엄마의 사랑을 확인하기 위해 무작정 떠나기로 마음먹었다.

하동 청학동이 머릿속을 스쳤다. 그곳으로 떠나고 싶다는 생각이 물밀 듯이 들었다. 연고도 없는 곳이다. 텔레비전에서 댕기 머리를 하고 학당에서 공부하는 모습이 나왔을 때 옛것을 눈으로 한번 보고 싶다는 생각을 가졌었다.

하동 가는 버스를 타고 청학동으로 출발했다. 하동에 도착하여 다시 청학동으로 가는 버스를 갈아탔다. 30년 전의 청학동 길은 굽이굽이 지고 비포장도로에 산 중턱에 있었다. 좁은 길에 울퉁불퉁 튀어 올라와 있는 돌멩이를 넘을 때마다 엉덩이는 '들썩들썩' 춤을 췄다. 작은 웅덩이에 빠질 때는 바퀴가 튀어 나갈 정도의 충격을 주었다. 이쪽저쪽으로 버스가 움직이는 방향으로 몸을 맡겨야 했다. 사람들은 불평 없이 버스의 움직임에 순응했다. 그렇게라도 갈 수 있어서 고마워해야 하는 버스였을지도 모른다. 사람을 많이 태운 버스는 힘겨워하면서도 전진했다. 탁한 공기는 속이 울렁거리고 머리를 '지끈지끈'하게 했다.

차멀미였다. 집 떠나온 것이 후회되는 순간이었다. 괜히 나와서 사서 고생하는 격이었다. 두 손을 불끈 쥐고 죽을힘을 다해 참아야 했다. 집안 내력은 외할머니, 엄마, 나 차를 오래 타면 심하게 멀미를 한다.

버스를 타고 1시간 반이 넘어 도착한 청학동 마을. 그곳이 마지막 정착지였다. 많던 사람들은 중간중간에 내리고 다섯 명 정도 남아 있었다. 정신없이 달려온 길은 생각 할 겨를이 없게 했다. 어떻게 해야 할지 고민되었다. 떠날 때 가졌던 강한 마음은 온데간데없이 점점 두렵고 무서운 생각 들었다. 땅거미가 내려앉기 시작했다. 하룻밤을 묵어야 했다. 마지막 뒷자리에서 나오는 남자 한 명이 있었다. 댕기 머리한 소년은 명절을 며칠 앞두고 집에 오는 길인 것 같았다. 나보다 몇 살 많아 보였다. 이것저것 따질 때가 아니었다. 용기를 내어 말을 건넸다.

"저기, 죄송하지만 여기서 하룻밤 묵을 곳이 없을까요?"

"여기는 없는데요."

"그럼 창고라도 괜찮으니 하룻밤 재워 주시면 안 되겠습니까?"

한참 동안 생각을 하더니 말했다.

"우리 집으로 갑시다."

감사하다는 말을 몇 번 하고 따라갔다. 넓은 기와집은 위채 아래채로 되어 있었다. 어른께 자초지종을 이야기하고 아래채에 있는 방을 내어주었다. 저녁 식사를 준비하기 위해 집안은 정신없었다. 명절을 앞두고 있어 객지 나간 가족들이 모인 듯했다. 행복해 보이는 가족 분위기는 정을 그립게 했다. 저녁을 같이 먹고 방으로 내려왔다. 피곤했던 몸은 눈을 감자마자 잠이 들었다. 긴장한 몸은 피곤을 달리고 있었지만 정신은 불안한 듯 잠들었다 깼다를 반복했다. 뒤척이기를 몇 번하니 새벽녘이 되었다. 새벽이 되자마자 간다는 인사도 하지 않고 조용히 길을 나섰다.

해가 뜨기 전에 이집저집을 기웃거리며 동네 한 바퀴를 돌았다. 언제 다시 올지 모르는 곳이다. 눈으로 열심히 셔터를 찍으며 기억속에 간직하고 싶었다. 힘들고 지칠때 쯤, 내가 있어야 할 자리로 빨리 돌아가고 싶었다. 눈으로 보고 마음으로 청학동을 간직하며 아침 첫차를 타고 집으로 향했다. 엄마가 많이 놀랐겠지? 하는 생각은 나의 착각이었다. 엄마는 나를 보고도 전혀 놀라는 기색이 없었다.

"엄마, 내가 집에 안 들어왔는데 걱정도 안 됐나?"

"친구 집에 간 줄 알았지. 어디 갔다 오는데?"

마음 따뜻한 날에는

"어어…… 친구 집."

엄마의 사랑 표현은 꾸밈없는 말투와 본능에 충실한 믿음이었다. 아무런 일 없었다는 듯이 엄마를 '꼭' 안았다. 엄마의 냄새는 사랑이었다. '김 여사'표 사랑은 무뚝뚝함 속에 진국이 있다는 것을 느꼈다. 진정한 부모의 사랑이 무엇인지 알아간다. 나는 그녀의 딸이다.

내 안의 나와 함께

오른발, 왼발

한 걸음, 두 걸음

걸음 명상 중이다.

하늘은 맑고

차가운 공기는 고요히

호흡에 맞춰

들어왔다. 나갔다.

지금 걸음 명상과

관찰하는 눈은 동행중이다.

떠오른 생각 잡지 않고

오른발, 왼발

관찰의 눈으로 보니

무수히 변하는 자연의

아름다운 움직임과

마음 따뜻한 날에는

내 행위가

보인다. 느껴진다.

얽매임에서 벗어난

지금 나는

내 안의 나와 하나이다.

＿＿＿＿＿✏

독서 모임에서 연말 송년회를 했다. 일요일마다 문을 닫는 브런치 카페를 빌려 회원들을 위한 공간의 장을 만들었다. 늦은 아침을 먹으면서 한 해를 마무리하는 시간을 가졌다. 맛있는 음식과 와인을 한잔 마시며 담소를 나누었다. 편안한 분위기는 다른 사람들 시선에 신경 쓰지 않아도 되었다.

우리는 회원의 이름 뒤에 '선배님'이라는 호칭을 부르게 되어 있다. 내가 졸업한 대학교 허영도 교수님은 나이와 상관없이 서로 배울 것이 많다며 존중하는 의미로 '선배님'이라고 부르자고 한 것이다.

분위기를 살린 것은 '버스킹' 하는 '길판' 선배의 역할이 컸다. 잔잔하게 퍼지는 기타 소리는 마음을 내려놓게 하고 겨울의

추위를 따스하게 만들었다. 나는 주말에 바쁜 일정 때문에 모임 참석률이 저조했었다. 간만에 회원들 얼굴을 보니 약간 기분이 들떴다.

예쁜 브런치 카페에서 라이브 음악과 맛있는 음식 그리고 좋은 사람과 함께 하는 공간의 채움은 행복이다. 모임을 이끄는 회장은 대학생 '재욱' 선배다. 회원들의 공간을 확보하고 연말 분위기를 색다르게 가진 것에 가치를 두고 싶어 했다. 젊은 친구의 참신한 생각과 행동이 믿음을 주었다. 현명한 선택을 한 것 같아 마음이 흐뭇했다. 다들 좋다며 내년에도 이런 방식으로 하자며 만장일치를 보였다.

20대부터 60대까지 다양한 직업과 성격은 독서 토론으로 어울림을 가지게 했다. '재욱' 선배는 넘치지도 모자라지도 않는 성격을 가졌다. 현명하게 다양한 사람의 마음을 읽어내는 것 같았다.

음악이 깔린 분위기에서 차분한 목소리로 회장은 올 한해 이루었던 일과 감사한 일 그리고 내년 계획을 돌아가면서 발표하자고 했다. 회원들의 마음 들어 주는 시간을 가졌다.

15명의 회원이 모였다. 카페 중앙에 무대를 따로 만들고 의자를 두 개 옆으로 나란히 두었다. 뒤쪽에는 식물의 푸름이 삭막

하지 않은 분위기를 더했고 작은 숲속 토크쇼를 하는 느낌을 주었다. 의자 하나는 '길판' 선배가 기타 칠 자리다. 또 다른 의자는 회원들이 돌아가며 앉아 자기의 이야기를 전하는 자리다.

동쪽에 앉은 첫 번째 자리부터 돌아가면서 한 사람씩 말했다. 사람들의 목소리와 속도에 따라 나오는 기타 소리는 튀지 않게 조화를 이루었다. '길판' 선배의 음악적 감각과 집중을 하는 모습은 평상시 보지 못한 모습이었다.

책 토론에서 각자의 생각과 말로 채워진 공간 나눔을 가지는 모습을 보다가 다른 열정적인 모습을 보니 사람이 달라 보였다.

한 사람씩 자기 차례가 되면 의자에 앉아 마이크를 잡고 이야기하는 모습은 오늘의 주인공 된 것 같은 마음을 가지게 했다. 사람들의 시선과 기타 소리 그리고 공간의 분위기는 의자에 앉아 있는 사람에게 집중이 되어 있었다. 살면서 주인공 같은 삶을 살아갈 기회가 몇 번이나 있을까?

사람들은 무대의 주인공이 되고 싶다 한다. 사람들의 시선을 받기를 원하고 집중해 주기를 원한다. 갈망한다. 기회가 없고 역량이 되지 않기 때문에 가지지 못한다. 인터 나비는 언제든지 내어준다. 서툴고 거칠어도 이해하고 배려해 준다. 그래서 독서 모임이 좋다. 내 생각을 말할 기회를 주고 귀 기울여 주는 사람들의 따뜻한 시선들이 머물러 있다. 주인 된 삶의 기회를 가져본다는 것 또한 내가 살아가는 삶의 일부가 된다. 나의 흘러가는 공간에 채워지기 때문이다.

눈에 비치는 그대로를 보게 하고 귀는 모든 소리를 듣게 한다. 마음이라는 중앙장치가 모든 것을 합으로 만들어 생각을 가진다. 마음의 눈과 귀는 집중한다. 14명 회원의 이야기를 듣다보니 계획했던 것보다 성과를 달성한 것이 많지 않다는 것을 알수 있었다. 그런데도 새해 계획을 거창하게 늘어놓았다. 저렇게 많은 일을 한 해에 할 수 있을까? 하는 의문점이 생겼다.

사람들은 끊임없이 많은 일을 하려고 한다. 남들의 기준에 맞추어 무엇인가 하지 않으면 도태되는 삶을 사는 것 같고 뒤떨어진다고 생각하는 것 같았다. 새해가 되면 습관처럼 계획을 잡아야 한다고 생각한다.

나도 예전에는 그랬다. 끊임없이 생각하고 행동하고 계획하는 삶을 살았다. 피곤한 삶이라는 것을 마음공부를 하면서 알게되었다. 결코, 나를 위한 삶이 아니었다. 몸과 마음이 바쁜 삶이었다. 시간에 쫓기어 진정 소중한 것을 보지 못하고 잃어버리게 했다.

바깥으로 보이는 이력이 사회적으로 성공한 삶처럼 보일지 모르지만, 내부적으로는 아픔을 안아야 했다. 나를 중심으로 움직이는 삶은 가족 관계에 있어서 마음이 점점 멀어지게 했다. 가족이라는 울타리만 있을 뿐 배려와 사랑이 없는 각자의 삶을 살아가게 했다. 가족의 소중함과 따스함 속에서 진정한 사랑을 느끼게 하지 못했다. 엄마의 자리가 정말 중요하다는 것을 잃어 보니 알게 된다.

한 해 계획은 많은 것을 시도하는 것보다 하고 있는 일에 만족하는 삶과 이완된 삶을 살기로 했다. 길판 선배의 잔잔한 기타 소리가 말하고 있는 나의 목소리에 속도를 맞춰주었다. 나에게 집중된 따뜻한 시선과 편안한 분위기는 내 마음속 깊숙이 생각한 진실의 소리가 나오도록 했다. 진정 내가 원하는 마음이다. 늘 긴장된 삶을 살았던 것 같다. 그것은 형식적으로 인위적으로 살았다. 몸과 마음이 힘들 때만 나를 돌아보고 다독거렸다. 습관처럼 살지 않겠다. 습관은 깨어 있는 의식을 가지게 하지 않는다. 한 해 만큼은 하는 것에 집중하고 이완된 삶을 가져볼 것이다. 그것 또한 노력해야 한다. 들리는 듯 안 들리는 듯 기타 소리는 제 몫을 다해 전했다.

내가 원하는 삶의 속도를 맞추고 고요한 마음을 보며 살아가고 싶다. 아무것도 도전하지 않는다는 것은 아니다. 하고자 하는 일에 있어서 하나에만 집중하며 관찰하는 마음의 눈으로 주위를 보아야 한다. 현재를 보는 마음과 행위에 집중한다는 말이다. 무너지기 쉬운 것이 사람 마음이다. 잘 보아야 안다.

끝을 보지 못할 것 같으면 섣불리 시작조차도 하지 않기로 했다. 시작은 있고 끝이 없는 일은 항상 미련과 후회하는 마음을 가지게 했다. 그런 마음을 가지고 싶지 않다. 직장 생활을 하면서 무엇인가를 장엄하게 한다는 것은 욕심이다. 마음은 하고 싶지만, 건강과 시간의 한계가 있다. 욕심은 사람을 지치게 하는 것 같다. 힘든 마음을 부여잡고 가고 싶지 않다. 그래서 간단하게 가벼운 마음으로 가려고 하는 것이다. 비우고, 바라보고, 느리게 가는 삶도 내 삶이다.

내가 선택한 삶에 책임 또한 내가 지는 것이다. 누구도 평가할 수 없다. 만족은 내 마음에서 나오는 것이기 때문이다.

며칠 전 요가 선생님이 수업 시간에 한 말이 생각났다.
"여러분! 기쁨과 즐거움의 차이를 아세요?"
그 누구도 똑 부러지게 대답하지 못했다.

마음 따뜻한 날에는

"기쁨은 내 안에서 충만했을 때 느끼는 것이고, 즐거움은 외부에서 느끼는 것입니다. 즉, 사람들을 만나 이야기를 나누거나 행할 때 느끼는 것은 즐거움입니다. 우리는 진정한 기쁨을 내 안에서 느껴야 합니다. 그러면 외롭고 쓸쓸하지 않은 허탈한 마음이 생기지 않습니다."

맞는 말이다.

요즘 '케렌시아'라는 단어가 뜨고 있다. 안식처, 여유의 공간, 힐링 장소라고 한다. 사람들은 마음을 치유하기 위해 밖에서 찾으려고 한다. 넋두리와 하소연을 밖으로 내뱉으면 풀린다고 생각한다. 순간만큼은 즐겁고 치유된 마음을 가지게 된다. 하지만 시간이 지나면 허전하고 외로움을 다시 느끼게 한다. 그렇게 하는 것이 치유의 방법이라고 생각할 것이다. 잠시 잠깐의 마음 치유가 되고 편할지는 모르지만, 완전치유 되는 것은 아니다. 진정한 치유는 외로움과 허전함 그리고 두려움이 일어나지 않아야 한다.

치유의 끝판왕은 내 안의 평화롭고 고요한 나를 보는 것이다. 내 안의 나와 소통하고, 바라보고, 비워내면 항상 기쁨이 나온다. 화나지도, 외롭지도, 허전하지도, 두렵지 않은 마음을 가질 수 있다.

　진정한 나의 '케렌시아'는 내 안의 마음 공간인 것 같다. 나의 '케렌시아'에서 여유와 기쁨으로 충만 된 삶을 맞이해 보려 한다.

마음 따뜻한 날에는

천상의 둥지

허리 곧게 펴고

눈 감은 고요한 세상

영혼의 문을 연다.

귀한 오색 꽃

반짝이는 빛 축제

매력 발산하는 끌림

우주 수평선 끝 고향 집

님 찾아올 수 없는 미지 세계

삶의 흐름만 있을 뿐

천상의 둥지

내 죽으면 영혼이 새 되어

돌아가야 하는 집

주말 새벽 5시다. 몸은 참 정직하다. 깨우지 않아도 몸은 새벽 5시에서 5시 반에 일어난다. 반복된 리듬의 반응이다. 회사 출근 준비와 고등학교 다니는 딸아이 아침밥을 챙겨야 한다. 무엇보다 아침 시간에 책을 보거나 명상을 하면 집중이 잘 된다. 그래서 평일의 아침은 일찍 시작하게 된다.

삶에 충실한 자 주말에 잠을 즐기고 싶지만, 습관이 된 나에게는 쉬운 일이 아니다. 전날 밤 잠자리 들기 전 긴장된 마음과 잡념을 내려놓고 잠을 자려고 노력한다. 그래야 질 좋은 수면과 피로를 풀어주기 때문이다. 《기적의 수면법》 오타니 노리오·가타히라 겐이치로 쓴 책을 읽고 난 후부터 잠자는 시간을 늘렸다. 충분한 잠과 따뜻한 몸을 유지했을 때 100세까지 건강하게 살 수 있다고 되어있다.

몸은 깊은 잠자리에 드는 시간을 지나 서서히 일어나야 하는 시간이 되면 잠들어 있던 나의 오장육부들이 깨어날 준비를 하는 듯 몸의 감각을 느끼게 한다. 도둑이 들어와도 모를 정도로 깊은 잠에 빠져 있어도 일어나야 하는 시간이 다가오면 잠이 얕아지는 것을 느낀다. 몸의 리듬은 시계가 맞춰져 있는 듯 잠자는 시간과 일어나야 하는 시간이 체내에 맞춰 돌아가는 것 같다.

마음 따뜻한 날에는

눈을 감고 시체놀이를 하듯이 깨어 있는 뇌에 '조금만 더 자자. 자야 한다. 자야 한다.' 최면을 걸어보지만, 억지로 재우는 잠은 수면의 질이 떨어진다. 질 떨어진 수면은 깊은 잠을 푹 자는 것이 아니라 이상한 꿈을 꾸는 경우가 많았다. 맑은 정신과 상쾌한 기분으로 일어나지를 못했다. 깨어났다가 다시 잠을 자면 이완 속에서 잠을 자는 것이 아니라 긴장감 속에서 잠을 잔다는 것이다. 이른 아침 한 번에 눈이 뜨였을 때 일어나는 것이 가장 좋은 컨디션을 유지했다.

칠흑 같은 어둠이 내려앉아 있는 새벽은 너무나 고요했다. 새들도, 이슬도 아직 잠에서 깨어나지 않은 시간이다. 나무들이 우거져 있는 나지막한 산 앞 위치한 집은 나무들이 뿜어내어 주는 신선한 산소를 마실 수 있다. 정신이 맑아지고 몸이 가벼워지는 기분이다.

주말 새벽은 여유가 있다. 출근해야 하는 일도, 학교를 등교해야 하는 일도 없다. 급할 것 하나 없는 시간이다. 깊은 명상하기 좋은 최상의 시간이다. 평일에 잠시 하는 명상은 늘 아쉬움이 남는다. 마음 놓고 깊은 명상에 들어갈 수가 없다. 명상하면 시간 개념이 없어진다. 온전히 감각으로 깨어나야 한다. 나는 명상하기 전 15분에서 20분을 하겠다는 강한 의지를 보였다.

그렇지 않으면 시간이 행동을 엉켜버리게 한다. 성급한 행동은 무엇을 했는지 모를 정도로 정신없게 한다. 익숙해져 있는 몸의 시계는 거의 비슷한 시간에 현재를 자각하게 한다. 아침 시간이 부드럽고 평화롭다. 항상 일정한 리듬으로 아침을 움직이다 보니 바쁘지 않다.

평화의 시간이 나에게 주어졌다. 양치질하고 의식을 깨웠다. 따뜻한 보이차를 한잔 마시며 잠에서 깨어나지 못한 오장육부를 깨워 인사한다. 내면의 나를 마음껏 맞이해 보자는 생각으로 명상 몰입을 했다. 깊은 명상에 들어가면 부교감 신경이 활발해져 몸 온도가 내려간다. 조금 두꺼운 옷을 입고 체온을 유지하도록 해야 한다.

가벼운 아사나 요가 동작을 몇 번 하고 몸의 체온을 조금 높였다. 편안한 명상 자세로 앉아 허리를 곧게 펴고 어깨는 가볍게 '뚝' 떨구고 아랫배는 편안함을 유지할 수 있게 힘을 주지 않는다.

가볍게 눈을 감고 호흡을 바라보며 코끝에 의식을 뒀다. 고요한 어둠의 공간은 안전감을 준다. 한 점에 집중하고 서서히 몸을 이완시키면 어느 순간 내면의 에너지가 살아서 움직이는 것

마음 따뜻한 날에는

이 보인다. 처음으로 맞이하게 되는 에너지의 움직임에 집중하면 호흡의 바라봄은 알아차릴 수가 없다. 에너지가 보인다는 것은 호흡을 계속하고 있다는 것이다. 몸의 움직임도 감각도 느낌이 오지 않는다. 단지 현재를 바라보고 있다는 자각을 인식하고 있을 뿐이다.

호흡은 자율신경계가 담당하는 영역이다. 의지대로 관여할 수 있는 영역이 아니다. 오로지 의식은 내면의 나에게 집중이 되어있다. 에너지 움직임이 지나면 뚜렷하게 보이는 작은 별들의 움직임이 보인다. 사라졌다 다시 어디선가 나타나 둥둥 떠다닌다. 편안한 마음은 더 깊은 내면의 숲으로 들어가게 한다.

가보지 않은 내면의 숲 영역의 끝은 어디일까?

더 깊은 내면의 숲에 들어가는 것은 완전 이완을 해야 한다. 그리고 잡념이 들어올 수 없는 오로지 현재에 깨어 있는 바라봄이 있어야 한다. 몸을 이완시켜야 한다는 생각만으로 이완이 되는 것이 아니다. 이완 속에는 긴장이 있다. 이완한다 생각하는 것이다. 자율신경계의 교감신경이 긴장을 담당하고, 부교감 신경이 이완에 관여할 수 있다. 그러면 교감신경이 부교감 신경 속에 잠시 들어와서 하나가 되어야 진정한 이완이 된다는 것인가?

진정한 이완은 모든 미세한 에너지 층까지도 하나가 되어 에너지 흐름 속에 존재해야 한다. 긴장이 내 몸에 남아 있지 않고 감각의 움직임을 느낄 수 없을 때 내 몸은 잠시 쉼을 준다. 의식은 내 안의 또 다른 나와 한마음이 되어 있다. 내면에 있는 에너지의 움직임에 몸을 맡겼다. 에너지의 움직임은 활발했다. 가부좌하고 앉아 있는 자세는 그대로다. 두 손은 발목 위에 가볍게 놓고 오른쪽 엄지와 왼쪽 엄지는 서로 맞붙어 있다.

에너지는 나의 몸 상체와 목을 미세하게 움직이게 했다. 천천히 부드럽게 움직이는 목을 위, 아래. 오른쪽, 왼쪽으로 에너지의 흐름에 맡겼다. 살아있는 생명체가 내 몸을 이끄는 것처럼 느꼈다. 내 몸은 어디까지 내려왔는지 어떤 자세를 하고 있는지 볼 수가 없다. 움직임의 흐름만 느낄 수 있다. 에너지의 움직임을 마음의 눈으로 관찰하는 것이다. 에너지는 쉬지 않고 흐르고 있다.

완전한 이완을 느낀 순간이었다. 이론적으로 알고 있는 것과 직접 체험해 본 시간은 인체의 기 흐름이 궁금하고 신비스럽다. 처음 맞이하는 깊은 명상 체험이 황홀함을 주었다. 마음의 눈으로 볼 수 있는 에너지의 움직임을 몸으로 체험하는 것은 놀랍고 경이롭다. 모든 의식을 에너지에게 맡겨 버렸기 때문에 느껴

마음 따뜻한 날에는

보는 현상이었다. 또 다른 맛이고 느낌이다. 항상 새로운 것 같다. '나'라는 것은 오직 깨어 있는 한마음뿐이었다. 눈에 보이지 않는 에너지는 실체가 있는 것도 아니고 현미경으로 볼 수 있는 것도 아니다.

내면의 흐름에서 깨어나야겠다는 생각이 들었다. 천천히 몸을 깨웠다. 오랫동안 눈을 감고 있는 상태여서 두 손을 비비며 따스한 온기로 채운 다음 두 손으로 두 눈을 덮었다. 눈에 의식을 두었다. 눈을 천천히 깜박이며 뜨니 밝은 세상이 조금씩 눈에 들어왔다. 시계를 보니 한 시간을 넘게 명상에 집중했었다. 내 안의 나를 만날 때는 시간의 흐름을 느끼지 못한다. 잠시 다녀오는 느낌처럼 짧게만 느껴졌다.

명상은 정신적, 신체적으로 강한 에너지를 몸에 부여한다. 두려움과 불안이 나에게서 멀어지게 한다. 현재를 바라볼 수 있게 하는 집중력과 관찰력이 생기는 것 같다.

신기한 명상 기록이다. 나의 명상 체험이고 나의 것이다. 사람마다 체험하는 것은 다르다. 진정한 이완은 모든 긴장감을 내려놓게 했다. 머리는 맑아지고 몸과 마음은 깃털처럼 가볍고 활기차다. 어깨와 목, 그리고 다리는 긴장에서 오는 아픔이 사라진 듯 무겁지 않다. 건강한 몸으로 리셋 되는 것 같았다. 변함없는 일상의 시작이고, 환경이지만 새롭게 느껴진다. 맑은 정신과 가벼운 마음으로 아침을 맞이한다.

옛 선조들은 '잠이 보약'이라고 말한다.

그 시대에 과학적으로 증명할 수 없는 것을 어떻게 아셨을까?

옛 선조들의 삶은 진심 신기하고 지혜롭다.

우리의 삶은 긴장의 연속이다. 긴장의 과함이나 이완의 과함이 생기면 우리의 몸 조절계는 이상 신호를 보낸다고 한다. 그래서 잘 쉬어 주어야 한다. 긴장과 이완의 균형 조절을 잘 하면 스스로 몸에 병을 낫게 하는 능력이 있다고 한다.

진정한 이완은 몸에 있는 의식을 하나씩 놓아 주는 것이다. 잠을 잘 때 모든 것을 내려놓고 깊은 수면에 빠져야 하는 이유인 것 같다.

마음 따뜻한 날에는

내 안의 용서

나를 사랑하지 못한 마음

소리 없는 울먹임

소리 없는 채찍질

밤새 울려서

밤새 아프게 해서

밤새 찢기고 찢어서

안아주지 못해

미안해 심장아!

날 용서해.

2019년 1월 25일 《나를 사랑할 자유》 첫 번째 책이 세상 밖으로 나왔다. 2018년 5월에 출간 계약을 하고 8개월 만에 인쇄에 들어갔다. 오랜 기다림은 많은 생각을 하게 했다.

글쓰기를 시작할 때는 오로지 나의 경험과 생각을 글로 표현하기 위해 집중하며 한 꼭지씩 채워 나갔다. 한 꼭지, 두 꼭지 채워지는 이야기는 어느새 한 권의 책 분량이 되어 있었다. 퇴고 후 출판사에 투고하면서 죽기 전 버킷 리스트 '책 한 권 내기'에 도전했다는 자부심에 감동의 물결이 마음 가득 채웠다.

출판사에서 계약하자는 메일을 받았을 때는 눈물 나도록 고마운 사람이 그립고, 감사했다. 대단한 일을 한 것 같다는 마음의 뿌듯함은 어떠한 일이던 해낼 수 있을 것 같은 거침없는 질주의 마음이었다.

오랜 기다림에 목말라할 때쯤, 출판사에서 연락이 왔다. 인쇄하기 전 최종 수정작업을 하라는 요청이었다. '이제 끝이 보이는구나!' 하는 생각은 하나라도 놓치고 싶지 않았다. 한 줄씩 읽어 들어가는 문장에서 부끄러움이 들기 시작했다. 처음에 글을 썼던 마음과 수정할 때의 마음은 달랐다.

'왜! 나의 벌거벗은 모습을 세상에 보여주려고 했을까?' '지금 갖춰진 나의 모습을 보고 있는 사람들이 나의 과거 일을 알게 된다면 나를 어떻게 생각할까?' 하는 생각이 들었다. 당장이라도 계약을 취소하고 싶은 마음이었다.

마음 따뜻한 날에는

글을 쓸 때는 경험에서 극복한 삶을 나누고 싶었다. 힘든 삶을 부딪치면서 바라보는 힘을 가지게 되었고, 성장해 가는 과정에서 요가와 명상 그리고 독서를 통해 삶을 알아가게 되었다. 성숙해지는 자아를 바라보는 힘과 인생은 총량의 법칙으로 이루어진다는 것을 깨달았다.

총량의 법칙이란 젊을 때 고통, 돈, 불행한 삶을 맞이했다면, 노년에는 평온하고 행복한 삶이 온다는 것이다. 힘듦이 있으면 행복도 있다. 매서운 겨울이 영원할 것 같지만 시간이 지나면 따뜻하고 향기로운 봄날은 오게 되어있다. 죽을 것 같은 힘든 삶이라도 포기하지 않고 참고 인내하면 반드시 좋은 날은 온다고 외치고 싶다. 피한다고 없어지는 것은 아니다. 반드시 다시 겪게 되어 있다. 부딪치고 이겨내는 삶을 살기를 바라는 마음으로 책을 썼다.

어쩌다 나의 인생 극복기를 쓰게 되었다. 자서전처럼 되어 버린 책은 정보 수집이 아닌 경험에서 얻은 진솔함과 앎에서 나온 나의 지식이다.

힘든 삶을 살아가고 있는 사람에게 용기와 희망을 전달하고 싶은 마음에서 쓴 책은 사람들의 따가운 시선과 나에 대한 편견이 생길까 봐 무서움과 두려움이 몰려왔다. 경솔하지 못한 태도의 선택은 편하지 않은 마음을 가지게 했다. 고뇌와 묵상의 연속이었다. 의도치 않은 가족 이야기는 혹시나 남편과 자식들에게 상처가 되지 않을까 하는 근심 걱정이 생겼다.

깊은 고심은 괴롭고 힘든 마음을 다독이며 용기를 내어 보자고 했지만, 마음은 왔다 갔다 갈피를 잡지 못하고 긴장감을 가지게 했다. 다시 역행할 수 없는 삶의 선택은 신중하지 못했다는 자책감에서 나약함이 생겼다. 인정하고 받아들여야 한다고 스스로 위안을 했지만, 스스로 무너진 마음은 시간이 필요했다. 자신감으로 가득했던 마음은 바닥으로 한없이 떨어졌다.

자만심에서 오는 '척'은 나를 힘들게 만든다는 것을 책을 내면서 다시 뉘우침을 가지게 했다. 겸손하지 못한 행위는 내가 만든 것이며, 책임 또한 져야 한다. 마음의 선을 유지하기 위해 의식 있는 삶을 관찰하고 있다고 생각했다. 남들보다 우월한 면을 느낄 때나 칭송을 받을 때의 우쭐함은 나도 모르게 이성을 잃은 '척'이 나오고 말이 많아지는 것 같았다.

의식에서 바라보는 힘을 가지기 위해 노력했지만, 단단함을 가지지 못한 마음 선은 한순간에 무너져 버렸다. 여전히 부족하고 나약한 인간이라는 것을 보았다. 평정심을 잃었다. 그리고 미숙한 어른이었다. 자만심을 보았을 때 쥐구멍이라도 있으면

마음 따뜻한 날에는

숨어버리고 싶은 심정이었다.

"우리가 타고난 열정 가운데 자만심처럼 정복하기 힘든 것도 없다. 아무리 숨기고, 대항하고, 억누르고, 꾹 참고, 극복하더라도 여전히 살아남아서 때때로 기회를 엿보다가 모습을 드러낸다. 내가 자만심을 완전히 정복했다고 생각하는 순간, 나 자신의 겸손에 대해 자만심을 드러낼 것이기 때문이다."

위대한 벤저민 프랭클린도 이기기 힘든 것이 자만심이라고 했다. 죽을 때까지 내 마음의 완성품은 없다. 노력하는 자세와 인정하고 받아들이려는 예의가 중요하다.

성숙한 사람은 사람들의 비난과 야유를 외면하는 것이 아니라, 있는 그대로를 받아들이고 인정하고 지혜롭게 대처하는 것으로부터 시작이다. 성급한 마음은 나를 현재의 삶을 살지 못하게 했다. 잃어버린 공간의 채움을 가지게 했다.

두 번째 책이 나오면 나도 모르게 '척'이 슬그머니 나와 있을지 모른다. 그 또한 알아차림으로 인정하고 받아들일 용기를 가져야 한다.

벌거벗은 나의 모습이 부끄럽지만 그래도 당당하게 맞이하고 하나를 보지 말고 전체를 보는 마음으로 접근할 것이다. 비로소 나는 조금 더 성장한 나를 볼 수 있다.

진실한 내 마음의 용기는 자존감이다. 남이 인정해주는 것에서 오는 것이 아니라 스스로 나를 다독이고 안아주는 여유와 따스함, 격려할 때 나를 사랑하게 된다. 비난의 화살이 날아와도 당당하게 맞고, 무서운 칼날이 와도 내 마음을 내어 줄 수 있는 여유를 가지게 된다.

군대에 있는 아들한테서 전화가 왔다.

"엄마가 쓴 책 다 읽어 보았습니다. 두꺼운 책은 자신이 없어 도전하지 못했는데 생각보다 엄마 책이 두꺼웠습니다. 그런데 2시간 반 만에 후딱 읽었어요. 술술 책장이 잘 넘어가서 금방 읽어졌습니다. 엄마의 인생이 보였습니다. 제가 태어나기 전 이야기를 읽을 때 예전의 냉정하고 짜증 섞인 목소리였던 엄마 모습이 그려졌습니다. '하하하'. 엄마가 이렇게 힘든 삶을 사셨는지 몰랐습니다. 저 때문에 이혼도 못 하시고, 참고 사셨다고 하니 제가 커서 효도를 많이 해드려야 될 것 같다는 생각이 듭니다. 근데 엄마! 글쓰기 스킬이 부족한 점이 많지만, 첫 작품치고는 잘 쓰셨어요."

마음 따뜻한 날에는

아들은 웃으며 평을 해주었다.

"아들! 서운하네. 그냥 잘 썼다고 해주라."

"어무이. 저도 독자입니다. 냉정한 평가를 해 주어야 합니다. 그래야 앞으로 좋은 글이 나오지요. '나'니깐 할 수 있지 않겠습니까? 하하하."

"어쨌든. 고맙다. 아들! 책을 잘 읽어주고 이해해줘서 감사해."

"웅. 걱정이 되긴 했는데 생각보다 내용이 괜찮았어요."

아들도 불안했던 모양이었다.

아들의 한 마디가 가슴을 뭉클하게 했다. 창피해하지 않고 있는 그대로를 받아줘서 더없이 감사했다. 힘들어했던 심장의 아픔. 내 안의 나를 용서하고 살아갈 용기를 가지는 힘이 되었다.

'아! 정말 잘 했구나!' 표현할 수 없었던 마음과 말 그리고 생각을 책이라는 도구를 통해 전했다. 글쓰기는 나를 치유하고 소원했던 관계를 가깝게 해주었다. 남편과 나 사이, 자식과 나 사이가 사랑과 배려로 마음의 벽이 말랑말랑해지고 있다. 시어머니는 책을 읽고 '우리 딸'이라는 표현을 했다. 나는 시어머니 딸이다. 까막눈 친정엄마는 딸이 쓴 책이라며 밤마다 읽는다고 했다. 엄마는 몰랐던 많은 사실들을 알게 되었다. 눈물을 흘리며 마음의 문을 활짝 열었다. 감동의 물결이 내 가슴에 밀려온다. 내가 변한 것인지? 가족이 나를 보는 마음의 시선이 변한 것인지? 가슴이 뜨겁다. 부모의 진한 초콜릿 사랑 황홀하게 달콤하다.

냉정하고 진실하게 말을 던질 수 있는 사람은 가족이다. 아들은 힘들고 괴로웠던 걱정거리를 한순간에 날려 버리게 했다. 성급한 마음에서 오는 두려움과 불안은 가족의 말 한마디가 특효약이었다. 아들은 나에게 가르침을 줬다. 인생을 바르게 사는 본보기가 될 수 있도록 선배의 삶을 사라고 하는 것처럼 느꼈다. 부모는 자식에게 올바른 태도로 삶을 살아가는 것을 보여주는 것이 최고의 교육인 것 같다. 순간순간 관찰하는 삶을 살아가야겠다.

5장

나를 사랑하는
날에는

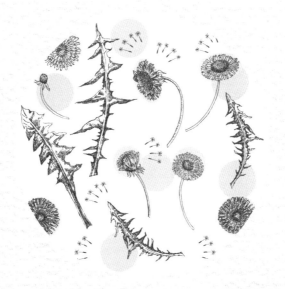

반은 희망의 과녁이다

_ 이윤희

반을 살았다면 무료한 삶

반을 살았다면 걱정한 삶

반을 살았다면 허무한 삶

반을 살았다면

정점이 아니다

목적이 아니다

채움이 아니다

성공이 아니다

반은 남아 있다

이상은 희망이다

도전은 열정이다

노력은 용기이다

반은 희망의 과녁이다.

달리자 기쁨 머무는 그곳으로

나를 사랑하는 날에는

2019년 1월 23일부터 군대 일과 후 휴대전화 사용이 가능해지면서 군대에 있는 아들에게서 자주 전화가 온다. 몇 주 전만 해도 아들의 목소리와 소식을 들으려면 일주일을 기다려야 했다. 아들이 군대 전화로 먼저 문자를 보내오면 통화를 할 수 있었다. 지금은 일과가 끝난 시간 이후부터는 언제든 통화를 할 수 있게 되었다.

휴대폰을 소지할 수 없었을 때는 틈틈이 어학 공부와 독서를 하고 있었다. 무엇인가 진취적이고 도전하려는 모습이 보였다. 읽고 싶은 책이 있으면 구매해서 택배로 보내 달라고 했었다. 군대 가면 게임과 멀어지고 자기의 인생을 돌아보며 생각하는 시간이 많아지겠구나! 하는 생각에 안심하고 좋았다. 군대 입대 전에는 군대에 머무는 동안 성과를 이루는 삶을 살아야겠다는 각오를 다졌었다. 군 생활 8개월 만에 원위치로 돌아가고 있는 느낌이다.

시대에 맞게 자유로워지는 군 생활의 분위기에서 스스로를 통제할 수 있는 힘을 잃어 가고 있는 것 같다. 다행스럽게 아들은 게임을 많이 즐기는 편이 아니지만, 선임과 후임이 휴대폰을 들고 있는 모습을 보면 흡수된다고 했다. 분위기는 흐름을 타게 만든다. 확고했던 생각은 점점 무너지고 있었다. 시대의 분위기도 중요하지만, 군대의 의도적인 강하고 매운 맛을 깊게 느껴보지 못하는 점이 아쉬움을 가지게 한다. 때로는 허가된 공식적인 규칙 속에서 진정한 자아를 찾고 주관적인 삶의 다짐을 형성하는데 동기부여가 되기도 한다. 조직의 분위기는 중요하다. 삶의 방향을 바꿀 수도 있기 때문이다.

혼자서 자기의 길을 찾아간다는 것은 뚜렷한 목표나 대단한 정신력이 있어야 도전할 마음이 생긴다. 마음이 단단하고 인내심이 강한 아이들은 흔들림 없이 자기의 삶을 만들어 갈 수 있는 힘이 있지만, 그렇지 않으면 정형화된 틀에 맞춰 만들어 내야 한다. 환경에 맞게 뇌는 생각과 움직임을 가지게 한다. 통제된 시간 속에서 자기를 혁신시키고 성찰하는 시간은 주인 된 삶으로 살아 갈수 있는 힘을 기르는 토대가 된다. 살아가면서 자신의 내면을 깊숙이 보고 찾는 시간을 보낼 기회는 생각보다 많지 않다.

나를 사랑하는 날에는

혈기 왕성한 나이에 머리가 '팽팽' 돌아가는 뇌를 18개월이라는 공식화 된 영역 안에서 나를 찾고 앞으로 살아가야 하는 방향을 향해 등불을 스스로 밝히는 길을 찾는 시간이다. 가슴 뛰게 하는 열정으로 자신을 한 단계 성숙시키는 일이 되어야 한다. 우리의 삶은 계속 선택하는 삶이다. 더군다나 청년기 때는 1도 어긋나서는 안 되는 중요한 시기이다.

우리의 생각과 다르게 군 생활의 방향은 다르게 가고 있는 것 같아 아쉬움을 남기게 한다. 자신의 정체성과 삶의 방향을 정하고 행동할 힘을 기를 수 있는 계기와 사고의 깊이를 가졌으면 하는 바람이었다.

군대 휴대폰 사용이 시작된 지 2주 정도 지났을 때 아들과 통화를 했었다.

"엄마! 개인 휴대폰 사용하고부터는 후임들과 융화가 잘 안됩니다. 이것도 문제입니다. 주말에 선임들이 풋살을 하자고 하면 후임들이 비협조적으로 나옵니다. 다들 휴대폰만 들고 개인 시간을 가지니깐. 힘 빠지는 일입니다."

새로 들어 온 후임들이 잘 따라 주지 않고, 개인적인 이야기를 나눌 시간을 내어 주지 않는다며 짜증이 난다고 했다. 아들은 선임과 그동안 힘든 훈련 속에서 서로를 챙기고 아껴주는 마음을 소통했기 때문에 친하고 편하다고 했다. 선임이 하자고 하면 잘 동참해주려고 한다고 했다. 후임들은 주말에 휴대폰 사용과 자기의 시간을 보내기 위해 같이 운동에 참여하지 않는다고 했다. 답답해하며 아쉬워했다.

아들은 풋살을 좋아하는 편이지만 잘하는 것은 아니다. 선임이 하자고 하면 무조건 이유 불문하고 해야 한다는 생각이었다. 소속된 부대는 인원이 적기 때문에 잘하든 못하든 참여를 해야 한다고 했다.

올겨울 풋살 경기 도중에 동료와 부딪혀서 손목에 인대 손상이 있었다. 보름 동안 깁스해야 하는 불편을 감당했다. 몸을 아끼지 않고 운동에 임한 결과는 3박 4일 휴가증을 받았다. 아들이 속한 팀은 비록 졌지만, 최선을 다해 경기에 임한 태도의 선물이었다.

어색하고 불편한 사이일수록 마음의 벽을 무너뜨려야 한다. 융화되기 위해서는 같이 먹고, 자고, 싸고, 부딪히며 서로의 생각을 소통하는 시간을 많이 가져야 한다. 남자들은 군대에서 축구 했던 이야기를 많이 한다. 서로의 마음을 빨리 맞추고, 뭉치게 하는 것은 운동이 최고인 것 같다. 팀 운동은 한 사람만 잘 한다고 이길 수 없다. 각자의 자리에서 부족한 것을 보완해주고 역할에 충실해야 팀의 조화를 이룰 수 있다. 쓴맛, 단맛을 같이 맛보아야 감정을 교류할 수 있다.

아들은 자기가 경험한 것을 같이 공유하고 친숙해지기를 바라는 마음이 컸다. 개인적인 생각보다 때로는 같이 동참해주는 배려의 마음을 원했다. 생각과 다르게 움직이는 후임을 보면서 마음을 조금씩 내려놓는 것 같았다. 생각의 차이를 해석하려 한다. 각자의 삶과 생각을 맞출 수 없다는 것을 받아들인다. 안 되면 안 되는 대로 해야 한다고 말하는 모습은 포기가 아닌, 순리를 따르는 성숙함을 보이기도 한다.

우정의 단합이라는 덩어리에서 하나 되는 힘을 맛보길 원했지만, 혼자만으로는 진정한 맛을 보기 힘들다. 생각의 일치점이 있어야 가능한 일이다. 남자는 직관이 여자들 보다 떨어진다. 관찰하고 부딪치며 아파봐야 비로소 남자들은 이치를 깨우치고 연관을 짓는다고 일본 교육 트레이너가 한 말이 생각났다.

우리 아들은 밀레니얼 세대이다. 밀레니얼 세대는 대략 20대부터 30대 후반의 나이를 말한다. 한국 경제 성장을 이룬 상황에서 태어나 자란 세대들이다. 형제자매의 수가 단순해지면서 경쟁하는 삶을 접하며 살지 못했다. 풍족한 환경 속에서 자란 세대이기 때문에 자기애가 뚜렷하고 강한 세대이다. 방해받는 것을 싫어하고 자기의 시간 배분과 기준을 세워 배려보다 스스로 삶의 만족을 가지고 즐기는 것 같다.

군대의 조직 생활은 큰 사회의 조직을 향해가기 위한 맛보기다. 인간관계에서 부딪히면서 느끼는 감정을 바라보는 힘과 긍정적인 자세를 배우는 터전이 되는 곳이어야 한다. 사회성을 키우고 익히는 작은 조직의 움직임을 경험할 수 있다. 상처받지 않고 융화되는 사회생활을 할 수 있는 배움의 장이 되었음 한다.

나를 사랑하는 날에는

글 속에 심장을 뛰게 한다.

수많은 사람들 속

글쓰기 하나의 길

인생 친구 걸치고

20, 40, 50

숫자가 디르듯

살아온 삶도 다르다.

인생 쓴맛에서 찾은 보물

삶의 선택 저울질 고뇌

죽음의 문턱 앞 어둠 이겨 낸 용기

한 모금의 감로수로 재탄생한 삶

세상에 말하라 한다.

소리 없는 삶의 아픔을

희망 글에 빛을 심어

공감 추월선 길 연다

글쓰기와 시에 생명을 넣는 윤창영 작가

지식의 샘을 파고 있는 박명근 작가

왼팔을 잃고 세상을 얻은 김정찬 작가

굳세어라, 글쟁이들아!

오늘도 글에 심장을 뛰게 하자.

'902' 카페에서 글쓰기 10회 정기 모임을 했다. 글쓰기와 시에 생명을 넣는 윤창영 작가, 지식의 샘을 파고 있는 박명근 작가, 왼팔을 잃고 세상을 얻은 김정찬 작가 그리고 나.

우리는 '굳세어라, 글쟁이들아' 회원이다. 2018년도 결성한 초보 작가 모임으로 오로지 글쓰기 하나로 뭉친 사람들이다. 2018년 1월 글쓰기 수업에서 처음 만났다. 세 번의 만남으로 모임 결성을 찬성했다.

이번 정기 모임은 정찬 작가가 사는 곳으로 정했다. 중심 도심에서 한참 떨어진 외곽지이지만, 새로운 신도시로 공기가 맑고 시골의 풍경과 어울려 있어 정겨웠다.

저녁을 같이 먹고 도심 중앙에 있는 공원을 잠시 산책했다. '휭~'하는 바람 소리와 함께 고독을 씹는 사람들처럼 보였다. 늦가을 밤 우리는 고독한 작가들이었다. 불빛이 예쁜 카페로 걸어갔다. 정찬 작가는 잠시 가는 길을 멈추고 카페 이름을 손짓으로 가리켰다.

"902 의미가 뭔지 아세요?"

"의미가 있어?"

"네. 우리 동네 이름이 '구영리' 잖아요. 그래서 숫자로 902로 했데요. 우리가 걷고 있는 공원도 얼마 전까지는 호수였어요. 메워서 공원 산책로를 만든 거예요. 제가 제일 좋아하는 곳이기도 합니다."

"이곳 좋다. 바로 카페 앞에 공원이라……. 분위기도 좋고 글이 저절로 써지겠는데."

"아침 9시에 문 여는데 그때부터 와서 글을 써요. 머리 식힐 겸 해서 공원도 한 바퀴 돌고. 하하하"

정찬 작가는 26살 한 손 작가다. 대학교에 다닐 때 우울증을 앓고 있다가 아파트 11층에서 뛰어내렸다. 살아야 할 운명이었는지 지금은 왼쪽 팔을 잃고 정상적인 생활을 하고 있다. 한 손으로 글을 쓰고 그림도 그리고 운동도 한다. 어두웠던 얼굴은 글쓰기를 시작하면서 사라졌다. 공무원 생활을 하다 잠시 휴직을 하고 있다.

그는 시간을 헛되이 보내지 않는다. 아침부터 저녁까지 하루 계획을 세우고 시작한다. 글쓰기와 운동 그리고 영어 공부로 채운다. 4년 동안 노력해서 일구어낸 성과이다. 글쓰기는 불과 1년 조금 넘게 시작하여 3권의 책 출간, 2권의 책 계약, 5권 분량 출판사 투고 준비를 하고 있다. 병원에서 몇 번의 대수술과 치료를 받으며 공무원 공부에 열중했다. 대학을 중간에 포기한 상황에서도 영어 공부를 꾸준히 한 결실이었다. 그의 인내력과 노력에 기립박수를 보낸다. 꿈과 열정을 가지고 글쓰기 삶을 살아가고 있는 정찬 작가의 긍정적인 마인드를 보며 본받아야 할 점이 많은 것 같다. 열심히 사는 청년의 삶을 우리는 존중해야 한다.

윤창영 작가는 시인이자, 작가이다. 오랫동안 논술 지도를 하고 있다. 고참 선배로 윤 작가는 글 쓰는 삶과 시 짓는 요령을 말보다 행동으로 보여주고 있다. 한 편의 시로 하루를 열게 해주는 문자메시지는 아침에 먹는 비타민이다. 시 속에 생명을 불어넣어 살아있는 감동을 준다. 시인의 생각은 고차원적이다. 상

나를 사랑하는 날에는

징어와 함축어 속에 모든 의미를 담고 사람들 마음에 비단결 같은 부드러운 울림을 준다. 알코올 중독과 스무 번의 이직으로 힘든 생활고에서 이겨 낸 삶에서 묻어나오는 경험이다.

무뚝뚝해 보이는 윤 작가는 평소 말이 없다가 반전이 되는 때가 있다. 시 이야기가 나오면 눈빛이 반짝이고 살아있는 말의 표현이 부드러움과 카리스마를 느끼게 한다. 시에서 사랑을 찾고 시에서 삶의 의미를 찾아간다.

50대 중반의 나이에 20대 같은 열정이 있다. 아침 새벽부터 자전거를 타고 울산에서 경주까지 주행한다. 힘들어하는 기색 하나 없이 혼자만의 여행으로 시의 영감을 찾아 떠난다. 혼자 떠나는 시간은 황홀하고 첫사랑의 그리움은 고독이 되어 가슴 깊이 못이 되어 박혀있다.

시에서 느껴지는 사랑 이야기는 아픔이다. 그리움이다. 기다림이다. 간직하고 가야 하는 향기이다. 사랑은 남, 여 간의 이성적인 사랑만을 말하는 것이 아니다. 모든 물체가 사랑의 대상이다. 물체에 시로 생명을 넣어 숨을 쉬게 하고 살아있게 만든다. 마법사 같은 시인이다.

지식의 샘을 파고 있는 박명근 작가는 말의 연금술사다. 공부를 끊임없이 한다. 많은 독서와 경험을 토대로 깊이 있는 내용을 자기화시켜 전달하고 이해하기 쉽게 말한다. 부드러운 말투와 깊이 있는 공부, 적극적인 행동은 신뢰감을 준다. 요즘 뜸 공부를 열심히 하고 있다. 모임에서 만나면 건강에 관한 이야기를 해준다. 신비로운 체험으로 건강 전도사가 되었다.

박명근 작가는 뜸에 대해 전문가 수준을 보인다. 우리가 시간 내어 뜸 공부를 하지 않아도 될 만큼 정보를 주고 있다. 봉사 활동에 최선을 다하는 삶은 재능 기부로 우리에게 많은 일깨움을 준다. 경험에서 얻은 깨달음은 강력한 에너지를 만들고 실천하는 삶을 가지게 하는 것 같다. 즐거운 공부는 지치게 하지 않고 삶을 한층 더 가치 있게 만든다.

박명근 작가를 보면 지치지 않는 에너자이저이다.

굳.글 회원들은 자기만의 방식으로 삶을 살아간다. 마음의 멍을 가졌던 사람들이다. 아픔에서 스스로 삶의 꽃을 피워냈다. 그래서 힘든 삶을 살아가는 사람에게 공감 나눔과 힘을 주려 한다. 글 속에 희망과 용기의 불씨를 글쓰기에 담아낸다.

독창적인 삶은 서로에게 살아가는 방향을 잡아주고 도움을 준다. 행복한 바이러스는 주위 사람에게 즐거움과 행복을 퍼지게 한다. 타인의 삶에서 나를 보고 배운다.

우리는 글쓰기를 하면서 치유하는 과정을 가졌다. 진정한 행복이 무엇인가를 알아가고 뉘우치는 삶을 살고 있다. 공유하는 삶에서 배려하는 삶으로 가고 있다. 오랜 시간이 걸리지 않았다. 그런 마음을 가지고 있는 사람은 검증하는 시간이 필요 없다. 20대, 40대, 50대 나이도 다르고 생각도 다르다. 그러나 우리는 친구다. 오랜 시간 아픔을 겪었고 치유의 과정을 가지면서 사람의 소중함과 사랑의 의미를 안다. 지독한 외로움의 터널에서 빠져나왔다. 진실 된 삶을 추구하고 따뜻한 가슴으로 품어준다. 사람 사는 향기가 난다. 좋은 향기를 전파하여 힘들어하는 사람들에게 살아가야 하는 의미를 부여하고자 한다. 그것이 우리의 사명이다. 행복 씨앗을 나눈다.

오늘도 글을 쓴다.

굳세어라, 글쟁이들아!

오늘도 글에 심장을 뛰게 하자.

진정한 삶의 의미는 무엇인가?

부와 권력을 거머쥔

욕망 불꽃은

만족의 선을 넘은 오만함

'메이드 인 코리아' 브랜드

백색 황금시대를

연다는 꿈을 펼친 자만심

나라를 좌지우지하는

권력을 쥔 고위층을

돈으로 해결하는 능력의 힘

승승장구하는 삶은

정치판이 바뀌면서

한순간에 몰락하는 모습

욕심이 자기 그릇을

넘치게 하면

나를 사랑하는 날에는

넘어지는 삶의 이치

정신의 나약함에서

서서히 미쳐가는 모습

진정한 삶의 의미는 무엇인가?

욕망과 어리석음이

모든 것을 잃게 한 것을 보고

가진 것에 만족하며 살아야 한다는 것

송강호 〈마약왕〉 영화를 보고

얼마 전 〈마약왕〉 영화를 보았다. 믿고 보는 배우 송강호 주인공 그리고 배두나, 조정석을 주연으로 부산에서 1970년대 실제 있었던 일을 재연한 영화다.

송강호는 '이두삼'이라는 이름을 가진다. 밀수업자의 하수인으로 진짜와 가짜 금을 구별하는 일을 하며 풍족한 생활은 아니지만, 진한 가족의 사랑과 책임을 다하는 가장으로 끈끈한 형제애까지 보인다. 위험한 일을 처리하고 받는 두둑한 보너스는 가족의 즐거움과 행복 그리고 자신감을 가지게 했다. 돈이 주는 맛과 돈을 버는 방법을 알아가게 된다. 명석한 두뇌 그리고 눈치 빠른 재주와 처세술로 사업의 눈을 뜨기 시작한다. 우연한 기회에 마약 밀수에 가담하게 되며 마약 제조와 유통을 알게 된다. 돈의 흐름을 읽은 이두삼은 우리나라 최고의 마약 제조자 '백 교수'를 찾아간다. 믿음과 신뢰로 백 교수는 비법을 전수한다. 드디어 '마약 왕'이 된다.

대만에서 원재료를 수입하고 부산에서 뽕을 만들어 일본으로 수출했다. 마약을 수출하는 사업은 1970년대 애국이 되던 시대였다. 대통령으로부터 경제 성장의 주도를 이끈 공로의 상을 수여 받고 본격적인 로비로 아시아 백색 황금의 시대를 만들 꿈을 가지게 된다. 내연녀 로비스트 김정아를 만나 성공에 가속도가 붙은 자만심은 스스로 국가에 애국하는 것으로 생각했다. 부와 권력을 거머쥔 욕망의 불꽃은 거침없이 타오르게 했다.

"개 같이 벌어서 정승처럼 쓰는 게 아니라 개 같이 벌어서 정승한테 쓴다."

이두삼의 말이다.

1970년대 부정부패가 난무했던 시대로 돈이 권력이고, 권력이 돈이었다. 경찰까지 돈으로 매수하고 안전선을 가졌다. 돈으로 살 수 없는 권력의 힘을 돈으로 해결하는 능력을 보였다.

승승장구할 것만 같은 인생은 정치판이 바뀌면서 세상이 바뀌게 되었다. 정의 사회를 구현하는 김인구 검사는 지하세계의 우두머리 마약 거래를 뿌리 뽑기 위해 이두삼을 추격했다.

믿었던 권력층은 위협을 느꼈고 살아남기 위해 연락 두절과 거절을 했다. 돈으로 안 되는 일이라는 것을 알고 포기한다. 몰락하는 자신을 보면서 두려움을 극복해 보려 하지만 나약한 존재의 본성은 이성을 잃은 두려움을 가지게 했다. 마약의 힘으로 두렵고 무서움을 극복해 보지만, 떨리는 불안한 마음은 자신을 소용돌이에 밀어 넣었다.

이성을 잃은 이두삼은 마약의 힘으로 정신이 혼미해져 이중성을 보였다. 올바르지 않은 정신 상태에서 한 가지 놓지 않는 것은 자식 걱정이었다. 조강지처 숙경에게 전화를 걸어 자식의 앞날을 걱정하며, 안정과 보살핌을 강조했다. 후회의 눈물을 흘렸지만, 상황을 돌이킬 수는 없었다.

부모란 어떤 힘든 상황에서도 놓지 못하는 것이 자식이라는 것을 보였다. 돈과 권력에 눈이 멀어 조강지처와 가족을 떠났다. 탐욕과 어리석은 삶은 모든 것을 잃게 했고, 목숨 하나 부지하고 있을 뿐이었다.

"진정한 삶의 의미는 무엇인가?"

내 삶을 투영시켜 본다. 타인의 삶에서 진정한 삶의 의미를 되새기게 한다.

인생을 뒤돌아보면 아이들이 어릴 때 남편과 조그마한 집에서 옹기종기 살았을 때가 행복했었다는 생각이 든다. 남의 집에서 전세로 살았지만 힘들지 않았다. 남편과 아이들이 건강하고 내 집 마련의 꿈을 가지고 지금처럼만 살아갔으면 좋겠다는 마음이었다. 하루, 하루 행복을 먹고 살았던 것 같다. 가족의 행복이 곧 나의 행복이라 생각했다. 내 집 마련을 하고 더 좋은 환경에서 아이들과 안정된 삶을 살고 싶었다. 하나씩 일구어 가는 재미는 삶의 희망과 의미를 줬다.

예고도 없이 마른하늘에 날벼락이 쳤다. 벼락이 꿈을 산산 조각내었다. 행복할 것만 같았던 우리의 삶도 시련을 맞이했다. 아픔을 겪고 난 후, 돈에 대한 생각이 바뀌었다. 돈은 뜨겁게 다가올 때는 오묘하게 세상을 다 가진 것처럼 두려움 없는 마음을 가지게 하고 차가 울 때는 냉정하게 순식간에 떠났다. 돈의 이중성을 보았다. 사람들은 돈이 많이 들어올 때를 조심하라고 했다. 그 뒤에 힘든 일이 따라온다며 관리를 잘해야 한다고 했다. 생각해 보면 돈이 문제가 아니라 돈을 받아들이는 태도가 문제

나를 사랑하는 날에는

였다. 내 인생은 아무런 일 없는 순탄할 거라고만 생각했다. 꽃 길만 걷는 인생이면 좋으련만.

인생은 정규분포를 띤다. 상승 위에 꼭지점이 있으면. 하향하 는 아래에도 꼭지점이 있다. 상승 곡선만 보고 달렸다. 하향 곡 선은 멀리 우주에 있는 별 만큼 멀리 있다고 생각했다. 나만 특 별한 삶을 사는 것처럼 착각 속에서 살았다.

사람은 늘 행복하고 좋은 일만 있는 것이 아니었다. 착하고 성실하게 사는 사람도 힘들고 괴로운 일이 생긴다. 어떤 마음으 로 받아들이는가? 에 대한 마음 자세가 중요하다. 긍정, 긍정하 는 것은 어렵고 힘든 일에 부딪혔을 때 현명하게 결정하는 태도 이다. 긍정적인 마음의 태도는 곡선처럼 부드럽고 유연해야 한 다. 그래야 문제를 강하게 집중해서 볼 수 있다. 자칫 잘못하여 욕망에 사로잡혀 집착하게 되면 그 안에서 죽을지도 모른다.

사회적인 안정과 소속감에서 오는 마음은 우리보다 잘살고 있는 사람들의 삶이 보이기 시작했다. 잘 사는 사람들에 비하면 경제적으로 새내기지만 우리보다 못한 사람에 비하면 안정된 생활을 하고 있다. 우리보다 돈의 여유가 있는 삶의 비교 열등은 부족하게 보였다. 욕심이 슬그머니 올라왔다.

　남편은 "우리 여기서 조금만 더 여유 있으면 좋겠다. 그지?"

"그러게. 그러면 좋겠다."

　만족의 선을 넘으면 가질수록 더 가지고 싶어졌다. 초심에서 벗어난 마음은 어느 순간 욕망이 자리했다. 욕망이 마음에 자리하면 만족의 선은 끊어지고 한계가 없다. 부족함에서 오는 허기는 채우려고만 한다. 확고하게 돈에 대한 집념을 싹둑 잘라 내려 했다. 돈에 대한 생각에서 벗어나면 가진 게 너무 많았다. 성급하게 무엇인가를 이루고자 하는 마음은 힘들고 괴롭다.

　물질의 얽매임에서 벗어나 진정한 자유와 여유는 삶을 윤택하고 안정된 마음을 가지게 한다. 우리는 돈에 모든 초점이 맞춰져 있었다. 돈에서 벗어나면 나는 마음 부자이다. 부자의 기준은 다르다. 가족이 건강하고 각자의 주어진 삶에서 아무 일 없이 지내는 평화로운 환경 그리고 소박한 음식을 가족과 함께 먹을 수 있는 행복을 충만함으로 채우려 한다. 진정한 부자는 우주 같은 마음이라 한다. 우주는 가질게 없다. 모든 걸 품고 있으니……. 마음 가득 빛이 반짝인다. 돈으로 허기를 채운다는 것은 진정 주인 된 삶이 아닌 것 같다. 주인 된 삶은 돈의 물질에 자유로워야 한다.

주어진 삶에 충실하게 임하였을 때 오는 물질에 만족하려 한다. 충만으로 채워진 마음은 욕심과 어리석음이 일어나지 않게 되고 부와 권력이 주는 맛을 알면서도 발을 내딛지 않는다고 한다.

나에게 없는 것을 채우려는 마음보다 가지고 있는 것에 만족하는 삶을 가지려 한다.

〈마약 왕〉을 보고 남의 삶을 보며 나의 삶을 보려 했다. 잠시 잊어버린 마음을 다시 찾은 느낌이었다.

제프 켈러 《자세를 바꾸면 인생이 달라진다》라는 저서에 "모든 변화의 출발점은 마음 자세다. 삶의 질 또한 마음 자세에 달려있다."라고 한다. 마음 밭에 어떤 생각을 심었느냐에 따라 밝아지기도 하고 어두워지기도 한다. 긍정의 생각 씨앗을 심어 잘 키워내야 한다.

곱씹을수록 깊은 맛이 우러나온다. 나와 다른 길을 걷고 있는 삶은 인정하고, 나는 나의 삶에 만족해야 한다. 물질의 얽매임에서 오는 만족보다 내면의 만족이 행복인 것 같다. 그들의 삶에 내 삶을 맞추려 하지 않는다. 이성은 권력과 돈을 원하지만,

깊은 내면은 자기를 초월하는 자유를 원한다.

　햇살 고운 날 옥상 테라스에 앉아 높고 맑은 하늘을 바라보며 귀가에 들리는 잔잔한 클래식 음악 소리, 식도를 타고 내려가는 커피의 짜릿함은 온 몸을 가득 채운 충만함이다.

　"아! 조으다. 고요한 나의 마음자리."

　눈을 살포시 감다.

나를 사랑하는 날에는

나는 오늘도 일상을 쓴다

나는 나에게 물음을 던져 본다. 내가 성장하는 삶을 살기 위해서는 무엇을 해야 할까? 그것은 내 안의 잠재력을 찾는 일이었다. 잠재력은 내가 태어나면서 가지고 있는 숨은 재능을 찾는 일이 아니다. 일찍 어린 시절에 잠재된 재능을 찾았어야 했다. 나이 마흔이 훌쩍 넘은 내가 내 안의 잠재력을 찾는다는 것은 다소 어리석은 일이 될 수도 있다. 내 안의 잠재력을 찾는다는 것은 마음속 깊은 곳에서 갈망하는 것과 도전해 보고 싶은 일을 하나씩 끄집어내는 것이다. 비록 재능은 없을지 모르겠지만……. 내가 하고자 하는 마음과 도중에 포기하지 않는 마음만 있으면 된다는 생각이다. 좋아하는 일을 할 때 생각과 행동의 자유로움을 느낀다. 자유로운 나에게 풍덩 빠져 들고 있다.

인생은 주어진 대로, 닥치는 대로 살면 '마이웨이'가 아니다. 만들어 가는 것이 진정 나의 길이다.

삶을 항해하면 항상 선택해야 하는 길이 생긴다. 어떤 선택을 하느냐에 따라 내 인생이 달라지는 것 같다. 쉬운 선택과 어려운 선택 중 결정해야 하는 일이 생긴다. 불편하고 어려운 선택을 했을 때 자신이 성장하고 성숙해지는 것을 느꼈다. 성장은 안전선 밖에 있기 때문이다. 자기와의 싸움에서 이겼을 때 느껴지는 희열과 열정의 전율은 엔도르핀을 강렬히 샘솟게 했다. 성취하는 마음은 나를 더욱 사랑하게 했다. 하나씩 나만의 성을 이루는 재미는 경이롭고 풍요롭다.

책을 처음 출간했을 때, 나는 기적 같은 삶을 살아가는 느낌이었다. 믿기지 않았다. '정말 내가 책을 썼나?' 그러나 나는 썼다. 한 번 더 용기를 내어 마음의 울림에서 느껴지는 '시' 쓰기를 도전했다. 시를 배운 적이 없다. 그런데 나는 시를 썼다. 시를 한 소절 한 소절 써나갈 때 느껴지는 감미로운 맛은 '봄의 왈츠' 곡에 맞춰 춤추게 했다.

류시화 시인은 "시인이 될 수 없다면 시처럼 살라"고 한다. 나는 시인이 아니다. 시인처럼 살아가려고 한다. 마음은 이미 시인이 되어가는 걸 느낀다. 마음의 튀어나온 각진 부분을 깎아내고 다듬었다. 둥글게 굴러간다. 직선이 곡선 되어 마음에 파동을 친다.

새벽녘 눈을 뜨면 들리는 새 소리는 잠에서 헤엄쳐 나오게 하는 경쾌한 음악이다. 음악에 리듬을 타고 피어오르는 여명을 볼 때, 끓어오르는 희열은 심장을 요동치게 한다. 차가운 새벽 공기가 코끝을 스치는 짜릿함에서 내일이 없는 것처럼 오늘을 열심히 살아야 한다는 열정을 가진다.

나는 시한부 인생이다. 아니 모두가 시한부 인생이다. 내 안에 있는 미세한 바이러스의 움직임을 알았을 때는 세상에서 버림받은 느낌이었다. 부모의 원망으로부터 세상의 원망이 나를 내 안에 가두게 했다. 앞이 보이지 않을 정도로 가슴속은 먹구름으로 가득했다. 존재의 이유를 가만히 들여다보았다. 소중함이 느껴졌다. 삶의 각도를 다르게 보았다. 나와 함께 하는 바이러스를 공생 관계로 받아들였다. 주기적인 검사로 내 몸의 상태를 알 수 있으니 얼마나 감사한 일인지 모른다. 바이러스에게 초점을 맞추지 않았다. 내가 가고자 하는 방향을 향해 등불을 밝히며 걸어가기로 했다. 어디까지 갈수 있을지는 모른다. 하지만 어긋나지 않게 발맞추어 가고 있다. 목적 있는 삶은 지치지 않는 에너지를 가지게 한다.

삶이 성장할수록 고독이 피어오르고 있다. 고독이 전하는 마음을 글쓰기로 풀어낸다. 가장 좋은 친구이다. 가슴 아픔은 성찰하는 기회이다. 길을 잘 가고 있다는 신호이다. 삶을 완숙시키는 과정은 고독을 삼켜야 한다. 내 안의 나에게 위로를 한다.

'고독한 영혼이여! 걸음을 멈추지 마라. 인생은 일기일회一期一會이다. 시간과 하나 되어 가라.'

고독한 마음을 하얀 종이 위에 표현하고 부족한 나를 채워가는 과정에서 시간과 하나 된 나의 글은 자유롭다. 나는 오늘도 또 다른 일상을 쓴다.